Corrado Prandina

La Contessa Piazzoni
e i misteri di Castel Cerreto

Incipit

Luoghi, fatti e persone sono in questo libro non reali. Posso però asserire di non aver inventato nulla di questo romanzo che ho scritto sulle tracce della mia giovinezza e forse anche della mia vita. Agli inizi degli anni ottanta ho avuto la fortuna di conoscere la realtà di Castel Cerreto avendo frequentato l'asilo della Contessa Emilia Piazzoni. La struttura era stata voluta dalla nobildonna per ospitare i figli dei fattori. Il passare degli anni ha offuscato qualche particolare ma sono pervaso ancora oggi dalle sensazioni avvertite al *Serìt*. Avevo cinque anni ed ero un bambino di città catapultato in mezzo a figli di contadini. Ci vollero mesi per capire il loro dialetto! I nonni dei miei compagni di giochi erano i braccianti dei Piazzoni ed anche se erano passati novant'anni i loro discorsi erano gli stessi degli antenati. Per giunta difettando io di fantasia, alcuni nomi e cognomi sono reali e non me ne voglia la moglie del mio miglior amico Emanuele detto "*Ciomi*" che abbia trasformato il marito in un cane da pastore perché riconoscerà ugualmente le sue virtù. Lo stesso per altri personaggi i cui lineamenti ho grottescamente ingigantito con il genere "pulp". Ebbene sì, uno scrive per quello che è e per quello che ha vissuto, ed io sono cresciuto a Castel Cerreto e mi sono consumato la vista con i film di Quentin Tarantino ed i timpani con le canzoni di Lucio Dalla. Il libro l'ho scritto per me senza un fine preciso ma se avrete la pazienza di arrivare sino all'ultima pagina vorrei avervi trasmesso come era povera ma dignitosa la vita rurale di quei tempi e quanto era stupendamente lungimirante la Contessa Emilia Piazzoni. Perciò se leggerete questo manoscritto come una cronaca, obietterete infinite lacune. Gustatevelo quindi come un romanzo fantastico e vi verrà voglia di raggiungere questo borgo rurale per farvi una passeggiata tra quel che rimane di quello che vi racconterò in queste pagine.

Corrado Prandina

Fine XIX secolo: il borgo di Castel Cerreto

"Al Serìt"

"Cerreto: piccola fiammella di un cero intravista lontana in una notte senza luna". Appariva così Castel Cerreto sin dalla notte dei tempi. Il suo nome più comune era *Serìt*. Un minuscolo borgo di pianura vicino alla città di Bergamo a un tiro di schioppo da Treviglio che misurava duecento metri per quattrocento ed era protetto su tre lati da boschi di cerri secolari e da rigogliosi castagni. Un vero micro cosmo isolato dal mondo circostante. Sul finire del diciannovesimo secolo qualcosa fuori dal borgo rurale iniziava a mutare, ma il Cerreto sembrava non accorgersene rimanendo prigioniero "in un mondo di mezzo" fatto di credenze medioevali unite a qualche principio di modernità provenienti dall'ormai prossimo ventesimo secolo. I cerri erano ovunque e il legno abbondava dando una parvenza di ricchezza. Ma i contadini, chiamati *"paisà"*, camminavano scalzi poiché era vietato potare gli alberi per intagliarne gli zoccoli. Erano passati quasi novant'anni da quando i nobili Rozzone avevano ceduto l'intero borgo alla famiglia Piazzoni e, seppure le cascine avessero quattrocento anni, nessun intervento di manutenzione era mai stato fatto. Non un singolo mattone era stato sostituito, né riattata alcuna tegola. A Castel Cerreto le lancette del tempo si erano fermate e nessuno aveva pensato o voluto riattivarle. I circa mille abitanti soffrivano una fame tremenda e la loro unica preoccupazione era di riuscire a riempire la pancia per arrivare al giorno successivo. Le famiglie erano numerose, ma la popolazione non aumentava: la conta tra nati e deceduti si compensava sempre perché ad ogni vagito pareggiava un funerale. Il castello svettava sulle cascine, i magazzeni, i boschi, le ottomila pertiche di terreni coltivati e le quattro strade corrispondenti ai punti cardinali. La torre d'avvistamento era alta quindici metri e salendovi con un monocolo si potevano intravedere le luci della residenza principale dei Piazzoni di via Pignolo a Bergamo. Intorno c'erano anche alcune grandi cascine indipendenti ove i contadini lavoravano con l'ordine di stoccare il grano all'interno del castello perché vi fosse conservato e custodito. Tutti gli abitanti erano obbedienti e mai a nessuno era venuta l'idea di sottrarre un solo seme perché rubare al *"padrù"* significava perdere *"cà e laurà"*. L'alfabetizzazione era assente e raggiunta l'età di cinque anni i bambini venivano registrati come contadini. Fino al 1813 tutte le famiglie avevano pagato l'affitto ai nobili Rozzone, severissimi nella conduzione delle proprietà, e da allora ai Conti Piazzoni. I nuclei abitativi in cascina erano composti da un unico locale al piano terreno utilizzato a mo' di cucina e uno al piano superiore come stanza da letto. Nel borgo la vita era dura e le famiglie pativano il freddo pungente dell'inverno e il caldo soffocante dell'estate. La notte si dormiva tutti insieme su materassi riempiti con le foglie di pannocchie. L'unico riscaldamento presente era il camino o il radiatore a legna ma solo il più vecchio della famiglia poteva aprire la bocca della stufa e ficcare dentro i piedi per lenire il dolore dei geloni. I bambini per riscaldarsi si radunavano nelle stalle addormentandosi con la testa appoggiata sulla parte posteriore delle mucche, che era la più calda. La povertà si toccava con mano ma regnava comunque un'atmosfera incantata che mutava con le stagioni. Le giornate erano scandite dall'orologio biologico della terra e i contadini vivevano in simbiosi con le coltivazioni e gli animali. La terra era dura da lavorare con arnesi e attrezzi antiquati. I volti dei cerretani erano segnati da rughe profonde simili a solchi d'aratro e le loro mani callose piene di tagli. In primavera, quando i germogli iniziavano a sbocciare, i volti si dipingevano di rilassatezza, gli occhi apparivano meno tristi e la speranza che tutti si portavano dentro prendeva il sopravvento. Speranza, preghiera, ignoranza e povertà andavano a braccetto e accompagnavano l'esistenza di ogni agricoltore. Molte famiglie sul finire del 1800 furono attratte da chimere provenienti dalle Americhe abbagliate dal miraggio di un lavoro meno gravoso. A illudere maggiormente i contadini contribuì nel 1888 la notizia della definitiva abrogazione della schiavitù decretata dall'impero Brasiliano e la conseguente spasmodica ricerca di manodopera a basso costo. A seguito anche della crisi dei bachi da seta scoppiata nel nostro Paese migliaia di famiglie emigrarono in Brasile e in Venezuela. A soli quattordici anni i giovani si caricavano sulle spalle un sacco con dentro tutto ciò che possedevano e speranzosi partivano per San Paolo o Porto Alegre. Erano bastati quei pochi racconti di sedicenti messi dell'impero Brasiliano che di locanda in locanda declamavano le ricchezze accumulate in soli cinque anni da chi era giunto dall'Italia per illudere quei ragazzi. Tra l'altro, pochissimi cerretani sapevano far di conto ed una famiglia su due, trovandosi in indigente stato, cadeva nelle mani di gente senza scrupoli che dava denaro a prestito. Lo "strozzo" di quel tempo era di due tipologie: il prestito della "corda", che consisteva in rate brevissime prorogate continuamente con agi crescenti al punto che la corda si stringeva sempre più al collo del malcapitato, il quale si trovava strangolato da un tasso pari al milleottocento per cento, e la piaga debitoria che invece si riferiva al commercio ed era chiamata "vendita a respiro". Essa riguardava l'acquisto a debito di derrate alimentari. Commercianti senza scrupoli obbligavano ad acquisti presso di loro con prezzi comprensivi del valore della merce e degli interessi per il tempo concesso alla dilazione. In ogni caso, comunque, i poveri acquirenti si ritrovavano a dover rimborsare un debito in costante aumento sino al termine della loro esistenza.

I territori del borgo erano tagliati come da una scure dal "Fosso Bergamasco" che divideva il territorio del ducato di Milano da quello della Repubblica di Venezia e che da sempre era considerato "terra di confine" frequentata da ladri e assassini protagonisti di scorribande. Il Cerreto però non risentì mai dell'influenza negativa del confine poiché esso era protetto dalla "Valle del lupo". Tale località era impervia e paurosa e si frapponeva tra l'ultima cascina chiamata *Pèlesa* e i cippi di confine del canale.

La Contessa Emilia Piazzoni

"La Cuntèssa Emilia Piazzoni"

Emilia Woyna nacque a Heves, paesino di tremila anime nei pressi di Budapest adagiato all'inizio delle sconfinate pianure del Danubio. Discendente da una famiglia di nobili possidenti, aveva ricevuto un'educazione rigidissima dal padre Maurizio Woyna che era un generale del Regio Esercito dell'Imperatore d'Austria per lungo tempo di stanza in Lombardia. Trascorse l'infanzia seguendo gli spostamenti della famiglia fino alla maggiore età, quando, dopo una breve vacanza nel suo paese d'origine, raggiunse in carrozza l'Italia accompagnata dalla madre. Emilia sapeva che non sarebbe mai più ritornata nella sua terra natia perché il viaggio che aveva intrapreso era stato organizzato per maritarla. Durante una cena di gala alla Villa reale di Monza conobbe il Conte Costanzo Maria Piazzoni, non si seppe se fu amore a prima vista o matrimonio combinato, ma i due si sposarono due mesi dopo quell'incontro ed Emilia divenne così la Contessa Piazzoni. Il loro viaggio di nozze durò trenta giorni toccando le capitali del continente europeo. La giovane manifestò grande interesse per l'arte e rimase affascinata dalle specie di animali incontrate durante le visite agli zoo di mezza Europa. Al termine di questo dolce periodo, in un caldo meriggio di giugno, i coniugi raggiunsero Castel Cerreto mentre le lancette dell'orologio della torre si sovrapponevano dando la sensazione di essere saldate insieme. I coniugi Piazzoni entrarono nel borgo sobbalzando sulle buche della via principale ombreggiata dai rami dei cerri che si chiudevano quasi a formare un interminabile arco. La Contessa, scendendo dalla carrozza, si trovò a darle il benvenuto una trentina di fattori con consorti e figli schierati in piazza. In un attimo comprese che i poveri italiani avevano le stesse sembianze degli ungheresi. Il comitato si era presentato vestito a festa rappresentando quella povertà del diciannovesimo secolo simile in tutte le parti del mondo. Al Cerreto gli uomini portavano ai piedi improponibili calzature di bende e pannocchie mentre donne e bambini erano scalzi. Nelle braccia delle madri i neonati mostravano una faccia sofferente segnata da occhiaie come se non riposassero da giorni. Tutti trascinavano i corpi piegati dalla fatica indossando abiti grigi e pantaloni rattoppati trattenuti da bretelle di cuoio. Lo sgomento e la titubanza iniziale della nobile però svanirono incrociando gli sguardi ed i sorrisi sinceri di quelli che da quel giorno sarebbero stati i suoi fedeli sudditi.

Stessa empatia pervase i cerretani che videro in quella giovane dal profilo esile un'anima buona che avrebbe un giorno contribuito a migliorare la loro esistenza ed ottenere la libertà. La prima notte Emilia non riuscì a prendere sonno, non per la nuova dimora, né per l'immagine di quei piedi piagati immersi nelle pozzanghere, ma per lo sguardo di quei bambini affamati. Le stagioni passarono veloci e la Contessa trascorreva il suo tempo leggendo tutti i libri attinti dalla nutrita biblioteca del Castello aumentando così il suo interesse per l'arte. Il Conte, del resto, era impegnato in lunghi viaggi di lavoro e spesso passava la notte nel palazzo di Bergamo così i momenti per la consorte erano sempre rari. La nobildonna si era così costruita un ménage quotidiano scandito come una tabella militaresca. Sveglia al sorgere del sole, e dopo aver indossato un abito scuro per rispetto al Signore, si recava in chiesa per la messa. Poi la colazione, che prevedeva latte di capra e marmellata di fichi spalmata su pane nero, e il resto della mattinata lo dedicava alla lettura dei giornali recapitati da un cavaliere che consegnava la Gazzetta Provinciale di Bergamo, l'Osservatore Romano e, a volte vecchia di quindici giorni, una copia del New York Times. Le letture si svolgevano nella grande biblioteca le cui finestre in qualsiasi stagione dell'anno erano spalancate perché l'aria fresca rendeva il cervello più ricettivo alle novelle. Emilia sfogliava attentamente ogni foglio dalla prima all'ultima pagina ed era talmente attenta ai particolari che le venne il sospetto che la stampa americana fosse di seconda mano perché trovava sottolineati i prezzi del cotone e le date delle chiusure del Canale di Suez. Anni dopo tale sospetto le fu confermato dal cavaliere che consegnava le testate confessando che le stesse venivano trafugate dall'ufficio di Beniamino Crespi, titolare dell'omonimo cotonificio. Il pranzo avveniva puntualmente a mezzogiorno: riso ed erbe selvatiche, raramente un pezzo di carne bollita. Per ricordare le apparizioni della *"Madòna"* a Lourdes i cerretani avevano eretto a duecento metri dal palazzo una grotta attorniata da alti cerri che al pomeriggio la Contessa raggiungeva per sostarvi lungamente in preghiera. Rientrava solo per l'ora del tè, bevanda rarissima per quel tempo. La domenica, dopo la Santa Messa e prima del pranzo, erano fissate nella sala di palazzo cinque udienze a fattori e affittuari. Riceveva solo padri di famiglia ben vestiti e mai donne sole perché non era considerata buona creanza che una donna non fosse accompagnata dal marito. I colloqui vertevano sempre sugli stessi problemi: una richiesta di aiuto per acquistare medicine, una dilazione delle rate di fitto e la risoluzione di scaramucce tra vicini di casa. La Contessa ascoltava e affrontava le richieste con grande imparzialità a volte con qualche sorriso per l'ingenuità dei fattori e dei futili motivi presentati. Emilia rimase vedova subito dopo la nascita del suo unico figlio Emilio decidendo poi di adottare una bambina senza padre e con madre scellerata. La ragazzina si chiamava Maria Pacciardi. Puntualmente i maligni andavano dicendo che fosse figlia di secondo letto del Conte Piazzoni. Negli anni la diceria arrivò più volte all'orecchio della nobile che rispondeva con un sospiro seguito da uno sguardo al cielo. La piccola Maria era nata quasi tre anni dopo la morte di suo marito ma alcuni cerretani continuavano a credere a questa infamia, soprattutto quando la sera sedevano nelle osterie davanti a una tazza di vino. Per tutta la vedovanza Emilia gestì il proprio patrimonio in modo attento ampliando le proprietà immobiliari della casata e si attorniò di pochi, ma fidati, consiglieri lasciando alla porta faccendieri giunti da ogni dove convinti di imbrogliare una donna sola.

Il parroco

"Cüràt de campagna"

Il curato si chiamava Predestino e i maligni dicevano che fosse stato trasferito dalla diocesi di Milano al *Serìt* in punizione per grave colpa. Nessuno seppe mai cosa avesse combinato, ma fu una delle figure cardine della crescita e dello sviluppo del borgo. La chiesa era piccola e sorgeva fronte piazza su di un lato del castello ma poteva contenere tutti i fedeli, anche se a sentire Predestino era sovente vuota. Il curato al suo arrivo comprese subito che per lui era finita la pacchia dell'arcivescovado e che qui lo stava attendendo un grande lavoro. Era uomo abile nelle prediche che spesso si dilungava riuscendo ad addormentare i fedeli presenti. Per evitare che ciò accadesse aveva concordato con i chierichetti che innescassero a un suo segnale un tonfo sordo da far sobbalzare i dormiglioni. Una volta un chierichetto, per svegliare un fattore reticente al solito tonfo, ne innescò un secondo così forte che il poveretto dallo spavento si procurò un infarto e la messa fu sospesa. Durante la settimana Predestino girava per le cascine facendo battesimi di gran carriera. La solerzia era fondamentale perché la mortalità infantile era altissima soprattutto nei primi giorni dalla nascita. Predestino aveva un ottimo rapporto di stima con la

Contessa Piazzoni. Infatti tra i fattori serpeggiava il dubbio che quanto raccontato in confessionale fosse subito riferito in qualche modo alla nobile che sembrava sempre sapere in anticipo delle liti dei contadini. Predestino, avendo accesso alla biblioteca del castello, studiò i libri sacri e quelli di storia antica. La moltitudine di letture lo aiutò a raggiungere una formazione completa in ogni ambito, ma, nonostante le grandi conoscenze, rimase sempre un prete semplice. Una volta un contadino un po' alticcio per fargli un complimento gli disse: "Ne sà proprio una più del diavolo" ed il Don gli rifilò un calcio nel sedere per ammonirlo. Dall'arcivescovado gli pervennero diverse proposte di nuovi incarichi, ma egli ormai si era legato a doppio filo con le anime dei suoi fedeli e rifiutò qualsiasi chiamata con le motivazioni esposte in via epistolare. Nessuno lesse mai le lettere di risposta al Cardinale, ma presumibilmente erano asciutte come i suoi modi e, forse, contenevano sempre la stessa puntualizzazione: "Eccellenza a Castel Cerreto ho ancora tanto da fare e me ne andrò solo quando avrò terminato il lavoro". La fine del lavoro venne per scelta del Signore e non per imposizione di un prelato perché all'età di sessantotto anni fu trovato morto in sacrestia, probabilmente colpito da infarto. Nella mano destra stringeva un rosario e nell'altra una rara copia del Vecchio Testamento.

Riganti il cocchiere

"Rigànt 'l vetürì"

"*Ol Rigànt*" era l'uomo più fidato dei Piazzoni, assunto da giovanissimo come cocchiere, con la vedovanza della Contessa, la sua figura prese più importanza. Era quello che ai tempi odierni chiameremmo "l'uomo di casa". Il *Rigànt* era l'unico maschio ad aver accesso alle parti private del castello e possedeva tutti i chiavistelli del borgo. In paese mormoravano portasse al collo la chiave del forziere pieno d'oro nascosto nelle segrete dell'edificio. Persino Don Predestino durante la confessione chiese al *Rigànt* se al collo avesse un crocifisso o un chiavistello, ma nemmeno d'innanzi al Signore il fidato servitore svelò il segreto. Era nato nel borgo da poveri braccianti e correva da mattina a sera per sbrigare ogni genere d'incarico. Accudiva i due cavalli della scuderia: un maschio ed una femmina di nome Charly e Lory. Il primo era un bianco stallone ungherese da tiro con una lunga criniera ben curata, Lory invece era la cavalla preferita del Conte e per questo non fu mai cavalcata da nessun altro. Il *Rigànt* con il passare del tempo diventò anche l'esattore degli affitti ed il guardacaccia delle tenute. Portava alla vita un cinturone con attaccato un coltellaccio che nessuno aveva mai visto poiché non lo estraeva nemmeno per tagliare la buccia della mela.

Era calvo con la testa rotonda e due baffi talmente lunghi che sembravano due ali di gabbiano stampate sul volto. Indossava sempre un giaccone di lana cotta e stivali da fantino. Sua moglie era una donna secca e taciturna che gli aveva dato ben otto figli maschi, il più virtuoso si chiamava *Ricardì*, il settimo nato per giunta settimino. Era un bambino minuto e timido sempre attaccato ai pantaloni del padre. Si distingueva dai fratelli per una folta chioma di capelli ricci e neri tendenti al blu. Era l'unico al borgo che portava gli occhiali simili a *"cül de biciér"* perché affetto da una fortissima miopia. I soliti maligni raccontavano che gli erano stati regalati dalla Contessa che aveva preso a cuore quella povera famiglia che a fatica riusciva a mettere insieme il pranzo con la cena. Il piccolo *Ricardì* aveva una dote: era intelligente, un piccolo genio. Tanta era la sua fame di sapere che a soli cinque anni, durante una visita alla casa padronale, rubò un libro dalla biblioteca e se lo infilò nei pantaloni. Il padre notte tempo se ne accorse e lo mandò a calci nel sedere a riconsegnarlo. Per punizione fece raccogliere al piccolo tutte le foglie nelle strade del borgo. Il *Rigànt* all'età di cinquant'anni ricevette in regalo un orologio da taschino che serviva a gestire il tempo con precisione mentre svolgeva il ruolo di camparo disciplinando i flussi delle acque nelle rogge. Da allora in osteria i curiosi chiedevano al cocchiere di poter vedere l'orologio, non per conoscere l'ora ma per osservare il misterioso meccanismo che lo regolava.

Bruno Manenti l'intagliatore

"Bruno Manét l'antaiadùr"

"*L'ntaliadùr* del *Serìt*" era Bruno Manenti detto "*Manét*". Aveva imparato dal padre il mestiere tramandato dal nonno e dal bisnonno ed era cresciuto con il legno nel sangue. In quei tempi il materiale principale di qualsiasi manufatto era il legno e gli fu affibbiato il soprannome di "aggiusta tutto". Per l'importanza del suo lavoro occupava a canoni normali una bottega con uno spazio più ampio delle altre ed era puntualissimo nel pagare l'affitto. Il *Manét* era un omone corpulento con una lunga barba brizzolata che durante le ore di lavoro teneva arrotolata con uno spago per non rischiare che si impigliasse. Era talmente abile con lo scalpello che quando gli capitava qualche scarto di legno lo intagliava creandone statuette con le sembianze di ogni cittadino. Fu così che negli anni creò un migliaio di figurine dei suoi conoscenti. Tutti i cerretani amavano entrare nella sua bottega per ammirare com'era buffa la statuetta a loro dedicata. Se la cavava anche con la pinza e s'ingegnava a estrarre i denti ritoccando poi la sagoma lignea del malcapitato adattandola alla nuova sdentatura. Un'altra sua passione era la commedia, ma non ne aveva mai vista una per la lontananza del Teatro di Fiera di Bergamo che nel 1897 prese il nome di Teatro Donizetti. Così, *Manét* aggiungeva alla sua fama *"d'intàrsiadùr"* anche quella d'ineguagliabile cantore e, sia in estate sotto l'aia della cascina grande, sia in inverno al caldo della stalla, incantava tutti con le sue inverosimili e divertenti canzoni di cultura contadina e le risate rimbombavano nel borgo di cascina in cascina. Quando le ore si facevano piccole e i bambini prendevano sonno s'inventava storie che lui riteneva erotiche poiché aggiungeva solamente le parole "tette e sedere", ma erano talmente simpatiche che le risate dei genitori svegliavano i piccoli e i più assonnati.

Alice l'oste

"L'ustéra Alice"

Alice "*l'ustéra*" era la conduttrice dell'unica "*usterìa*" del borgo. Titolare era suo papà Mauro, ma la figlia era talmente brava che faceva tutto lei. Era una ragazza dolce e simpatica e sapeva fare bene il suo mestiere. La sua osteria si componeva di soli tre locali e una piccola cucina. Quando gli uomini vi entravano le mogli lo sapevano subito perché i vestiti puzzavano per un giorno intero di verze con salsiccia, infatti in cucina ribollivano costantemente a fuoco lento zuppe e stufato.

Alice non si era mai maritata benché fosse più bella delle altre, gentile e affascinante. I suoi clienti erano divisi in due categorie: i bevitori e i *"ciuchetù"*. Venivano serviti due tipi di vino, entrambi dal costo di una moneta, ma secondo la categoria di appartenenza nella tazza era versato vino rosso o una mescita. Purtroppo in quel tempo l'alcolismo dilagava più per placare la fame che per altro. La vita era durissima e mediamente si finiva al camposanto intorno ai cinquantacinque anni. I corpi si incurvavano per il peso del lavoro nei campi e l'alimentazione era priva sia di proteine che di carboidrati. Le case dei più fortunati erano riscaldate mentre nelle altre regnava tale umidità che ci si potevano allevare le rane. Comprensibile quindi che le locande rappresentavano un punto di ritrovo e di conforto. Sotto il porticato dell'osteria c'erano due panchine ricavate da giganteschi tronchi di pino divelti da un fulmine durante la famosa tempesta del 1889 e lavorati dalle sapienti mani del *Manét*. Anche le panchine ospitavano due tipi di avventori: sulla più piccola, vicino all'ingresso, si accomodavano i "bevitori" che da seduti ripulivano gli stivali prima di solcare l'ingresso. L'altra   accoglieva sette *"ciuchetù"* di numero in qualsiasi stagione dell'anno. Erano sempre sette con i volti rossi e lo sguardo perduto nel vuoto. Alice era gentile con i normali avventori e si adoperava pazientemente a tenere a bada i "*ciuchetù*" che, benché tracannassero la mescita di vino, avevano spesso difficoltà ad andarsene sulle proprie gambe. Il papà Mauro faceva un lavoro oscuro occupandosi di cantina e vivande. Un paio di volte l'anno si spingeva sino a Cassano d'Adda dove acquistava il salame prodotto alla cascina Regolé dalla famiglia Colombo e che era stagionato due metri sotto al livello del canale Muzza. In osteria "*al salam*" era servito con una fetta di polenta fredda dura come il marmo e assieme alle verze stufate rappresentava il piatto forte. La Contessa Emilia aveva insegnato ad Alice a far di conto e per affetto le aveva regalato un paio di orecchini d'argento a patto che nessuno lo sapesse. La ragazza, per non cadere mai nella tentazione di svelare il segreto sulla provenienza dei pendenti, decise che li avrebbe indossati solo il giorno del suo matrimonio che purtroppo mai avvenne perché il suo sposo morì di peritonite poco prima delle nozze.

Giuseppe il Vampa

"Giüsèp al Vampa"

Si chiamava Giuseppe ma era conosciuto da tutti come *"Giüsèp al Vampa"*. Era un uomo di mezza età, l'unico che aveva un tatuaggio sul corpo poiché quando aveva sedici anni per il furto di un cavallo venne imprigionato a Milano. Al "gabbio", a seguito di una scazzottata finita male, aveva perso anche tutti i denti. Il tatuaggio gli era stato fatto da un compagno di cella. *Giüsèp* era analfabeta e non si accorse che, a opera terminata, si trovò inciso sul braccio con inchiostro di cenere e sputo la scritta "Italia" anziché Rosita, che era il nome della mamma, come avrebbe voluto. Aveva avuto una moglie e due figli di cui non si ricordava i nomi, che non vedeva nemmeno più. Al Cerreto era il leader incontrastato della banda dei *"ciuchetù"* che frequentavano l'osteria ed era il personaggio più litigioso di tutta la bassa. Alla sesta tazza di vino iniziava a straparlare, alla decima diventava arrogante e violento; parlava gesticolando e aveva un alito fetido che si percepiva a due metri di distanza. Nei suoi frequenti litigi minacciava di bruciare la casa a chiunque, accompagnando i suoi improperi con gestacci di ogni genere. La *"scurmagna"* di *"Vampa"* gli era stata affibbiata perché anni prima, durante la festa del paese, in mezzo ai baracconi aveva sfidato il mangiafuoco in un'esibizione a due. Tracannata una boccetta di alcool provò a sputarne il fuoco innescato da un tizzone, ma qualcosa andò storto e gli prese fuoco il volto, così da allora le guance non gli tornarono mai più bianche e rimasero rosse come pomodori maturi. Era un uomo cattivo ed evitato da tutti e non faceva nulla per farsi volere bene a tal punto che la Contessa pretendeva di avere una relazione costante delle sue malefatte. Nel settembre del 1890 la possidente gli tolse definitivamente la concessione di un podere degradandolo a bracciante e due anni dopo gli tolse la casa per gravi comportamenti nei confronti del vicinato relegandolo a vivere in una catapecchia nel vicino comune di Pontirolo Nuovo. Nonostante le restrizioni passava le giornate a fare dispetti. Aveva pure la mano lunga e ogni occasione era buona per rubare. Era inoltre irrispettoso delle donne ed una volta al lavatoio toccò il didietro ad una signorina come se ne fosse lui il padrone.

Tilde la panettiera straniera

"Tilde la furnéra furestéra"

Tilde era conosciuta come la *"furnéra furestéra"* e gestiva l'unico forno del borgo. Veniva dal Perù ma si era fermata a vivere al Cerreto per amore. Aveva sposato Simone dopo una settimana di fidanzamento e due anni più tardi aprirono l'attività grazie ad un contributo statale per non emigrare. Era una coppia formidabile nella vita e nel lavoro: il marito si occupava di impastare e cuocere il pane mentre la moglie gestiva la bottega. A pochi passi dalla strada principale il comignolo della loro attività diffondeva ovunque un profumo di pane tanto forte che alcuni cerretani, già morsi dalla fame, preferivano girarne al largo. Simone aveva appreso l'arte del *"furnér"* da suo papà Pino al *"Cónti"* che nella vicina Treviglio conduceva una bottega di viveri e che gli aveva donato un lievito madre vecchio di cent'anni. I sacchi di grano venivano acquistati al mercato di Bergamo e appesi con una lunga corda alle travi. L'arredamento del forno tutto in legno era stato costruito dal *Manét* e, benché scarno e ridotto all'indispensabile, era caldo ed accogliente. Su un lungo asse chiaro erano riposti i filoni di pane, in un cesto di vimini le uova di giornata e due salami di numero che pochi potevano permettersi di acquistare. Tilde era l'unica donna al borgo a portare i capelli cortissimi come un uomo e quando qualcuno in modo impertinente lo faceva notare, Simone interveniva con una risposta secca e troncante: *"A mé ma piàs issé!"*. La fortuna della loro attività cominciò il sette novembre 1894 quando la Regina Margherita di Savoia visitò Crespi d'Adda. Entrò in un villino di un certo Azzimonti che le offrì un pezzo di pane che fu molto apprezzato per la delicatezza dell'impasto. Così la Regina congedandosi volle sapere da dove venisse quel pane. Parrebbe che il padrone di casa, inchinandosi con rispetto, avesse risposto: *"Maestà l'è 'l pà de Tilde del Serìt; ga l'à duma lé"*. Un'ora dopo la coronata raggiunse il forno al Cerreto ed il capitano della scorta acquistò con una moneta d'oro tutto il pane riposto sul bancone. L'evento suscitò grande scalpore e la notizia si sparse per le strade arrivando anche a palazzo dove persino la Contessa Emilia, incuriosita dal fragore e dal vociferare dei curiosi, si affacciò dalla torre ad ammirare il lungo convoglio in sosta. La visita inaspettata e tutto ciò che ne conseguì fu motivo di orgoglio per Tilde e Simone. L'attento e furbo intagliatore Bruno *Manét* non si lasciò sfuggire l'opportunità e lavorando tutta notte creò uno stampino riportante la corona della regina e la scritta Tilde. Da quel giorno e per i successivi cinquant'anni di attività ogni singolo pane sfornato riportò l'effigie modellata dal *Manét.*

I fratelli Pier e Annadia

"I fredèi Pièr e Annadia"

I fratelli Pier e Annadia erano chiamati *"i belù"*, primo e decima nati da una storica famiglia di agricoltori locali. Avevano caratteristiche talmente opposte da non farli sembrare nemmeno parenti. Pier era un ragazzo educato e preciso ed aveva sistemato da solo il bacino idrico delle tenute dei Conti Piazzoni. Non aveva mai avuto alcuna possibilità di frequentare la scuola eppure sapeva di matematica e geometria imparate da autodidatta. Con il passare degli anni si era specializzato nelle misurazioni delle coltivazioni e nei disegni di piantine. Sapeva calcolare a *"öcc"* la lunghezza di un podere con un margine di errore di soli *"dù ghèi"*. Annadia aveva invece una spiccata vena artistica. Lavorava nei campi, ma alla fine della settimana s'ingegnava a fare la *"parüchéra de duna"*. Pier e gli altri fratelli, con grandissimo sacrificio, le avevano regalato delle forbici da *"barbér"* acquistate in Germania. Erano talmente preziose per lei che le custodiva avvolte in un panno all'interno di un cofanetto e quando le utilizzava le posava sul palmo della mano quasi fossero reliquie.

La cartomante Maria e le stelle

"Maria d'i carte e i stèle"

Maria era la cartomante del *Serìt*. Abitava in un piccolo locale di una cascina affacciata alla piazza a debita distanza dalla Chiesa quasi a separare il sacro dal profano. Nata in Calabria e trasferitasi al nord in giovane età, non si sa perché parlava un dialetto bergamasco strettissimo che comprendevano solo i vecchi contadini. Sposata con un guardiano aveva avuto cinque figli: un maschio e quattro femmine tutti con nomi di fiori. Per diletto iniziò a lume di candela e di nascosto dal marito a leggere i tarocchi con piedi immersi in un catino d'acqua ed un velo nero sulla testa. Per incutere paura ed essere più convincente ruotava gli occhi fino a mostrare la sclera. I cerretani la chiamarono da subito *"la duna di carte"*. Quando esercitava l'arte divinatoria le figlie erano relegate nella stanza da letto separata solo da una tenda stracciata con il divieto assoluto di farsi vedere altrimenti le avrebbero volute sposare. I metodi di pagamento dei consulti erano i tipici ottocenteschi ed andavano da un cestino di erbe selvatiche per una gravidanza attesa sino ad un pollo intero per risolvere gravi casi di tradimento. Era anche soprannominata *"Maria e i stèle"* perché sapeva leggere gli astri prevedendo gli eventi atmosferici ed indicava la data esatta per la semina. Tutte le sue figlie sfoggiavano lo stesso suo naso adunco tranne Erika che però aveva preso il suo fluido magico. Tra le quattro sorelle era la più simpatica e sfoggiava un sorriso splendente tanto che sembrava avere in bocca tutti i denti che mancavano alle altre. La ragazza aveva stretto amicizia fraterna con Corrado, Emilio e Manolo. Erika sin da giovanissima e senza l'aiuto delle carte riusciva a comprendere, interrogando le persone, se queste fossero sincere o bugiarde. Persino la Contessa che era una donna timorata di Dio ed osteggiava queste pratiche occulte aveva invitato più volte la giovine sensitiva a corte per testare la veridicità delle affermazioni dei contadini a cui erano stati rubati capi di bestiame.

Sandrino il contadino

"Sandrì 'l paisà"

"Sandrì 'l paisà" abitava alla cascina dei Massari. Era uno dei fattori più laboriosi del borgo e conduceva un vasto appezzamento. Uomo corretto e mite non aveva mai avuto problemi di alcun tipo con chicchessia. Era un fittavolo regolare ed una volta chiese anche un prestito alla Contessa per far operare l'orecchio di uno dei suoi sette figli ed onorò puntualmente tutte le cento rate. Trascorreva una vita monotona dividendosi tra casa, lavoro e chiesa. All'età di trentacinque anni gli si presentò l'occasione della vita: Emilia, che intratteneva un'amicizia epistolare con Lady Margaret Evelyn Grosvenor, conosciuta con il titolo di Marchesa di Cambridge, nel 1892 la invitò al suo matrimonio con il Principe Adolfo di Treck fissato per il 12 dicembre 1894, ma la Contessa declinò l'invito per la lontananza della cerimonia. Decise comunque di inviare agli sposi un sontuoso regalo. Il *Rigànt*, che poteva essere la persona giusta per la consegna, era però indispensabile al borgo, così Sandrino fu convocato a corte dove ricevette la proposta di un viaggio nell'isola britannica per consegnare il dono di nozze alla marchesa. L'uomo, entusiasta ed onorato, accettò pur sapendo le difficoltà di sopravvivenza che avrebbe

subito la sua famiglia per la sua prolungata assenza. La sua preparazione durò circa due mesi e fu chiamato al castello e affiancato il personale di corte per fargli prendere dimestichezza con i cerimoniali. La cosa suscitò ilarità e stupore al borgo e tutti si meravigliavano nell'osservare come Sandrino prendesse lezioni di buone maniere a tavola, per salire e scendere dalla carrozza e persino per baciare la mano alle nobildonne. Il primo novembre 1894 si imbarcò su un vaporetto diretto a Londra. Quando partì tutto il paese si radunò in piazza per salutarlo e per vedere come era acconciato. *Sandrì* aveva tagliato i capelli e messo i baffi a misura grazie ad Annadia, indossava i pantaloni della messa prestati dal parroco ed una giacca da donna riadattata da uomo. Le scarpe erano quelle del *Rigànt* che però erano di due misure in meno ma non c'era né tempo né soldi per comprarne di nuove e si sperò che si sarebbero allargate durante il viaggio. Sotto braccio aveva una scatola di legno costruita dal *Manént* con incise l'effige dei Piazzoni. All'interno c'era un vaso cinese di inestimabile valore che faceva parte della dote di Emilia ma che per la verità non le era mai piaciuto. Il viaggio andò molto bene, Sandrino non fu nemmeno accolto a corte ma riuscì a consegnare il dono alla guardiola del Castello di Cambridge che era talmente grande da poterci riparare tutti i cittadini del *Serìt*. Fu ospitato dallo stalliere della tenuta per venti giorni in attesa del vaporetto di rientro per Genova. In quel periodo gironzolò a cavallo ed ebbe modo di visitare numerose aziende agricole. Prese nota di tutte le tecniche che usavano oltre la manica e fu ospitato in una fabbrica di macchine agricole. Al suo ritorno fu ricompensato dalla Contessa con un mulo che ai tempi era come ricevere un trattore. E nonostante il viaggio fosse stato lungo e faticoso, non perse nemmeno un minuto e si mise a lavorare sugli appunti che aveva preso ed insieme al *Manént* costruirono, in cento notti di lavoro, una rudimentale macchina seminatrice come quella vista in azione a Londra. L'aggeggio fu utilizzato nelle tenute Piazzoni già dalla semina dell'anno successivo e fu messo a beneficio di tutti gli agricoltori con grandissimi risultati. Ai tempi gli spostamenti anche di pochi chilometri erano cosa rara e questa esperienza londinese lasciò a Sandrino un simpatico strascico. Nell'immaginario contadino ormai lui parlava inglese e così negli anni a seguire si presentavano a casa sua persone che volevano una traduzione. Sandrino un po' per vergogna ed un po' perché era buono come il pane traduceva le lettere inventandosi il contenuto di sana pianta salvo poi fare la notte insonne per i rischi della maldestra interpretazione degli scritti.

Emilio, Manolo, Corrado

"Miglio, Mànol, Corado"

Erano tre amici fraterni. Le madri li avevano partoriti il 3 ottobre del 1857 praticamente alla stessa ora. Emilio era l'unico figlio della Contessa Emilia Woyna e del Conte Costanzo Maria Piazzoni mentre Manolo e Corrado erano figli di umilissimi braccianti. Si incontrarono la prima volta in piazza all'età di tre anni. Il piccolo Conte era all'interno della recinzione mentre gli altri due sul selciato della piazza. Non erano divisi solo da una grata di ferro ma due mondi differenti. La Contessa Emilia in un primo momento non gradì questa simpatia, ma con il tempo si convinse che lo stato di solitudine che avrebbe vissuto Emilio nel castello non gli avrebbe giovato. I bambini, quindi, dall'età di sei anni cominciarono a frequentarsi assiduamente. A loro non importava un fico secco del sangue che scorreva nelle loro vene, di uno blu, degli altri rosso annacquato come il vino di Alice, per loro il motore di questo rapporto fu il gracile Emilio, inconsapevole trascinatore della maturazione di Manolo e Corrado. Ci fu lo zampino anche della nobile mamma che invitava quotidianamente gli amici del figlio per fare merenda nella cucina della servitù e li rimpinzava di marmellate e riso cotto nel latte. La loro infanzia corse così veloce e serena che in un battibaleno raggiunsero i quattordici anni. A quel tempo cominciarono a vedersi le prime differenze fisiche, il giovane Conte infatti era debole e minuto con la tosse un giorno si ed un giorno no, al contrario gli amici, grazie alle cibarie che da anni depredavano, diventarono due ragazzotti grandi e grossi. Manolo all'età di 14 anni era già alto 170 cm e così in paese gli andò subito a pennello il soprannome de *"Il gigant"* mentre Corrado era più noto per i sui occhi azzurri e per il sorriso sempre splendente. I giovani passavano i pomeriggi a leggere libri di favole seduti su tre cippi di legno vicino al bosco del castagno. La Contessa dalla torretta li teneva d'occhio e all'imbrunire arrivava a cavallo il guardiano per richiamarli alle proprie abitazioni. Emilio ogni giorno leggeva un racconto differente, anche se le loro storie preferite erano quelle del cane da pastore che proteggeva le pecore dalle insidie dei lupi. Un giorno trovarono in biblioteca un libro sui samurai, dono di nozze del console del Giappone. I ragazzini si sdraiavano sull'erba appena tagliata e sognavano di essere tre samurai che salvavano con la katana le popolazioni dai cattivi. Coniarono un motto ed un rito che li avrebbe accompagnati per tutta la vita, quando dovevano congedarsi si mettevano in cerchio tenendosi per mano e gridavano "per sempre". Questo grido sancì la loro unione fraterna, ma fu anche un monito di condotta morale nei confronti di tutte le persone che incontrarono nelle loro esperienze. Verso i sedici anni ci fu poi un evento che saldò come un ferro allo zoccolo del cavallo le loro esistenze. Una sera, tornando dalla preghiera alla cappella di Lourdes, si imbatterono in *Giüsèp al Vampa* che era già al decimo bicchiere. Emilio fu aggredito verbalmente dall'uomo già adirato per essere stato ripreso dal *Rigànt* per l'ennesima volta. In un attimo Manolo, che ormai si era fatto un gigante alto un metro e novanta, gli rifilò uno sganassone sul muso, gli diede un pugno in pancia tramortendolo e lo gettò poi nella fossa del liquame delle mucche fino all'altezza delle sue guance rosse. Il *Vampa* finì in ospedale con dieci costole rotte ed al suo risveglio, un po' per il dolore ed un po' perché i fumi dell'alcool non se ne erano ancora andati, raccontò che era stato aggredito da "*Corrado del Serìt*". Così il giovine innocente fu messo ai ceppi per sette giorni nel carcere di Treviglio. Nessuno seppe come si risolse quella spiacevole situazione, pare che la Contessa Emilia fosse andata di gran carriera a

Bergamo a parlare con un maresciallo di origini austriache pregando la liberazione. Sta di fatto che Corrado in gattabuia non fece i nomi di Manolo ed Emilio rispettando così il codice d'onore dei samurai di "non tradire mai". Il tempo passò e come era giusto che fosse il Conte fu indirizzato agli studi per il futuro di responsabilità che lo aspettava, ma andò bene anche agli amici che trovarono impiego nei migliori lavori del tempo.

Motitalibera

Conte Emilio
Costanzo Pazzaca

Corrado e Manolo furono assunti sui barconi che partivano da Cassano d'Adda alla volta di Milano e che trasportavano merci di ogni genere e successivamente Manolo, che nel frattempo aveva superato i due metri di altezza, profittò della sua forza smisurata consegnando blocchi di ghiaccio per le case dei notabili di mezza bergamasca. Ma sinistre nuvole coprirono il cielo del Borgo ed una triste giornata d'inverno si ruppe quell'incantesimo iniziato tanti anni prima. Emilio, di passaggio nella città di Bergamo per perfezionare un contratto, perse la vita disarcionato dal suo cavallo. La notizia dell'incidente arrivò al borgo a tarda serata. La Contessa, il *Rigànt*, Manolo e Corrado legarono i cavalli alla carrozza e corsero con un groppo in gola verso l'ospedale di Bergamo. Emilio morì a 28 anni, un macigno che schiacciò i cuori dei suoi cari e le loro vite non furono mai più come prima. Fu sepolto nella cappella di famiglia, al suo funerale parteciparono migliaia di persone e quel giorno il Castello si trasformò in un luogo triste e silenzioso. Tutti andarono a Bergamo a rendergli omaggio. Da allora la Contessa Emilia, già minata nell'animo dalla perdita prematura del marito, si rinchiuse in una riservatezza quasi monacale e le sue apparizioni si fecero sempre più rare. Manolo e Corrado però continuarono a farle visita ogni domenica mattina dopo la messa. In pochi al *Serìt* assistettero a quegli incontri, pare che Emilia li ricevesse con la solita freddezza iniziale, ma poi gli allungava una carezza sui volti ed i tre si stringevano per interminabili minuti nel centro del salone senza dire una parola.

I baracconi

"I baracù"

I "*baracù*" arrivavano ad inizio settembre in occasione di una festa contadina di cui non ci si ricorda più il nome. Venivano da molto lontano. Erano i primi esempi di spettacolo viaggiante che poi nel tempo presero il nome di "giostre". Quelli che giungevano al Cerreto erano parte di un'unica famiglia e parlavano una strana lingua che sembrava fosse veneto. La carovana già a vederla arrivare dalla via principale suscitava allegria. Era composta da due sgangherate carrozze riadattate una ad abitazione e l'altra a trasporto. La famiglia di giostrai era composta da cinque persone. Alla guida del primo mezzo trainato da un cavallo mezzo zoppo c'erano Walter con Silvia, marito e moglie. Erano neri in faccia molto più dei minatori. L'uomo era magrissimo con un fisico atletico e si muoveva come un felino saltando giù dalla postazione di guida. La moglie Silvia era una signora con i capelli neri lunghissimi con in mezzo un ciuffo bianco stretto da un fiocco giallo, aveva pure un bel sorriso perché aveva tutti i denti.

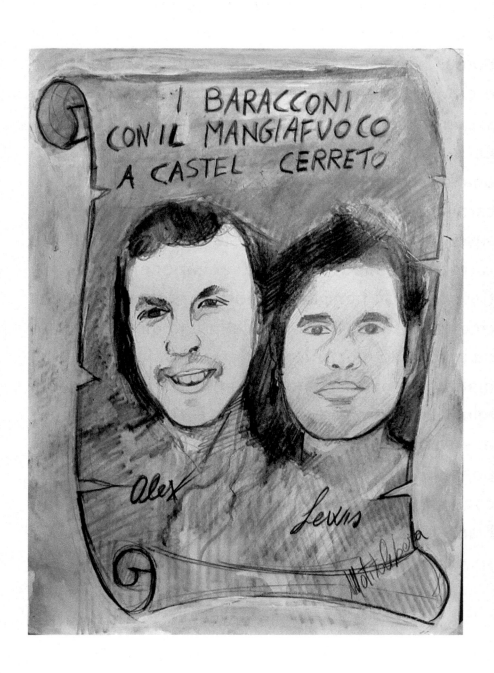

C'era anche il nipote Lewis anche lui nero come lo zio e con lo stesso fisico da atleta, ma lui faceva il mangiafuoco e tutti gli stavano a debita distanza ogni volta che apriva la bocca proprio come in paese si faceva con il *Vampa*. Si accampavano in piazza ed accendevano subito il loro grammofono da cui aleggiava musica spagnola e laboriosi si mettevano a montare un'altalena di legno, il palo della cuccagna cosparso di grasso di maiale ed uno scatolotto con sopra venti latte vuote da abbattere con sassate da ragguardevole distanza. Il centro del paese si riempiva in un battibaleno, anche se ogni anno il momento più atteso era quando dalla tenda della "campina" spuntavano i figli. Il piccolo Alex la prima volta che venne aveva più o meno 4 anni ed era talmente biondo e talmente bianco in faccia che quasi si scottava al sole. Alessandra, la figlia maggiore, era di una bellezza mai vista prima da nessuno tanto che i contadini esclamavano attoniti *"l'è bela come la Madona"*. Aveva una folta chioma di capelli biondi un po' lisci ed un po' crespi, due occhi come ambra verde e labbra rosse e carnose che sembravano finte. Quando sorrideva i denti erano talmente bianchi che

la gente si azzittiva e si diceva in paese che un ragazzo
una volta svenne per lo stupore.

Vestiva diversamente da tutte le altre signorine, con gonne larghe a fiori e degli anelli d'oro alle orecchie che nessuno aveva mai visti così grossi. La sua bellezza era una calamita per tutti i ragazzotti che si assiepavano su di un muretto per vederla meglio. Anche Corrado ne fu colpito ed una mattina la seguì fino al lavatoio, che non era altro che un fosso vicino al bosco con una grossa pietra per inginocchiarsi. Corrado era un ragazzo di buone maniere e per non mancarle di rispetto rimase sempre dall'altro lato del ruscello e quando le si rivolgeva le dava sempre del Voi come quando parlava con la Contessa. Si incontrarono tutte le mattine vicino a quella pietra per ben tre anni nel periodo dei baracconi. Fu la prima volta che Corrado si innamorò, anche se non trovò mai il modo di iniziare una relazione con lei in quanto era si grande grosso, ma anche molto timido ed Alessandra era talmente riservata che non si spinse mai oltre ad un unico bacio sulla fronte a cui poi lei aggiunse "profumi di buono".

Leida la megera

"Lèida la megèra"

La seconda *"furestera"* del *Serìt* si chiamava Leida ma era chiamata da tutti *"la megèra"*. Aveva una piccola bottega all'inizio dei caseggiati in legno venendo dal lungo viale alberato della cascina delle Battaglie. Si sapeva solo che veniva da lontano forse da un altro continente ma non disse mai a nessuno di che nazionalità fosse né chi fosse il padre dei suoi bellissimi figli; un maschio dallo sguardo fiero e dal carattere taciturno ed una bimba paffuta con un curioso taglio di capelli a caschetto a mo' di indios. Leida era piccola di statura con capelli lunghi neri e due occhi marroni come quelli di un cerbiatto. Aveva un sorriso magnetico che avrebbe incantato il diavolo in persona. La sua carnagione era olivastra e ricordava le foglie di tabacco essiccate al sole, aveva mani minute con le dita più piccole di un bambino. Sul suo viso spiccava una cicatrice profonda ed andava dicendo che quando era nella culla un'iguana l'avesse ferita con un artiglio. Nessuno seppe mai se fosse una storia vera o falsa, sta di fatto che la cicatrice non aveva sminuito per nulla la sua bellezza. Per giunta, forte di quel bellissimo sorriso, comprava ed otteneva qualsiasi cosa volesse. La sua era un'attività con solo licenza di caffetteria e tavola calda: al costo di venti lire serviva una tazzona di una bevanda turca che sapeva di cicoria ricavata dall'infuso di chicchi di caffè. Visto che con le sole bevande non ci campava e che l'alchimia era ancora diffusa a quel tempo, in quel baretto era cosa usuale "legare i vermi" dei bambini appena nati, curare alcune patologie con il salasso e, all'occorrenza, sanare tagli ed abrasioni con le spine di una strana pianta che cresceva nei pressi del fosso bergamasco. Leida aveva un cane di nome Sasha, un bellissimo San Bernardo che morì a causa di un morso di un serpente e si diceva in paese che l'animale avesse sacrificato la vita per proteggerla. Alcuni però insinuavano che l'avesse ucciso lei soffocandolo con un panno perché si era semplicemente stufata di mantenere una bestia così grossa. Aveva solo un'amica, che si chiamava Barbara, la pronipote dell'ultima strega bruciata a Treviglio cento anni prima in via Sangalli dopo un sommario processo per adorazione del diavolo. Barbara, come l'antenata aveva lunghi capelli rossi calati sul volto pallido da cui spiccavano due occhi di fuoco, talmente arrossati ed irritati e pieni di vene che sembravano sprizzassero odio. Fu proprio questa Barbara che anni prima, su suggerimento della *megèra*, fu causa della cacciata della famiglia dei baracconi dal Cerreto. Quando infatti si capì in piazza che gli occhi verdi della gitana Alessandra si incrociavano con quegli azzurri di Corrado, la stregaccia mise in giro la falsa diceria secondo cui i componenti della famiglia dei gitani erano in realtà ladri di bambini. Fu così che la calunnia messa in giro ad arte dalla bugiarda professionista rovinò la reputazione dei nomadi e la Contessa Emilia non concesse più la sosta delle carovane, che da allora non tornarono mai più. Leida nutriva da tempo una simpatia per il giovane Corrado e la bugia le venne propizia. I due si incontravano nel tardo pomeriggio nella locanda di Alice dove c'era uno spazio ludico: una specie di subbuteo che non era altro che un vecchio tavolo ove ci si sedeva in quattro e si vinceva gettando la pallina di legno nella rete degli avversari. Era il gioco preferito dai suoi figli ed il giorno che il ragazzo si aggregò alla partita in men che non si dica cadde nelle trame della ragazza. Fu così che all'età di 30 anni o giù di lì Corrado si fidanzò con la giovane straniera. I suoi amici storici non furono affatto contenti, in primis Manolo, che da buon contadino gli diceva sempre di accasarsi con una contadina ricordandogli il detto "mogli e buoi dei paesi tuoi".

Stesso parere l'aveva anche Erika "la sensitiva" che percepiva nella ragazza un potere oscuro ed un presagio nefasto. Ciò era motivato anche dal fatto che un'estate al lavatoio aveva visto tre cicatrici sulla spalla della *megèra* come se inferte da artigli. Nelle credenze popolane e nei racconti contadini che si perdevano nella notte dei tempi i tre fendenti venivano fatti dal diavolo per strappare il cuore alle sue vittime. Per questo, e per il potere di anticipare il fato che la vecchia madre le aveva donato, Erika non le rivolse mai la parola né volle incrociare i suoi occhi per nessun motivo al mondo. Il fidanzamento tra i due giovani non fu formalizzato in quanto la ragazza era già stata sposata ma non disse mai se il marito era morto o se fosse solo andato via. Corrado, che era ingenuo come solo un contadino poteva esserlo, gli diede il frutto di cinque anni di lavoro in una miniera nel sud della Francia per ingrandire il bar ed esaurì così tutti i suoi risparmi. Con quelle risorse la *megèra* ampliò l'attività facendo realizzare una parte esterna in legno che le permise di raddoppiare i posti a sedere. L'autorizzazione non fu mai chiesta formalmente alla Contessa che minacciò più volte di farla demolire, ma visto che c'era di mezzo il fraterno amico di suo figlio la nobile chiuse un occhio sull'abuso. Corrado era un uomo semplice che a volte assumeva atteggiamenti da duro, ma gli bastava vedere il sorriso meraviglioso della consorte e sentirne il profumo della pelle odorosa di fiori per innamorarsi ogni giorno di più di lei. Fu inoltre l'unico cerretano che arrivò a possedere una casa di proprietà, ma, visto che non esistevano abitazioni in vendita nel borgo, ne acquistò una a Treviglio d'innanzi alla stazione del treno. Stranamente la *megèra* non volle mai vedere la nuova abitazione, ma lo convinse a ristrutturarla ed arredarla con la promessa che sarebbero andati a viverci insieme una volta che i figli sarebbero diventati maggiorenni e solo a patto che fosse arrivata la carta del divorzio spedita da uno strano quanto impronunciabile paese d'origine. A quel tempo il giovane, in costante caccia di soldi richiesti dalla famiglia acquisita si spaccò la schiena nei lavori più duri facendo il barcaiolo ed anche l'operaio notturno alla vicina azienda tessile di Crespi d'Adda. Era sempre stanco con la vista annebbiata dal grande lavoro e non si rese mai conto che tra i capelli di Leida tirava sempre il vento e forse non solo li. Nonostante alti e bassi, di cui l'ingenuo ragazzo mai si accorse, la coppia andò avanti per anni e sembrò davvero che il cuore di Corrado fosse colmo del semplice sorriso o di uno sporadico sguardo sdolcinato della moglie. I due riuscirono persino a fare una specie di viaggio di nozze all'isola d'Elba con tutta la famiglia. Fu proprio sulla spiaggia di ghiaia di Portoferraio che la figlia della *megèra* regalò a Corrado una pietra bianca talmente rotonda che sembrava fosse una pallina. La bambina gli fece giurare che in nome dell'amore per la madre non se ne sarebbe mai per nessun motivo separato e gli fece incidere le loro iniziali ad eterna memoria. Ciò per Corrado valeva più di una fede al dito o di un contratto di un notaio e così da quel giorno la piccola non ricevette la promessa di un semplice contadino ma la fedeltà eterna di un samurai.

I poveretti della cascina Pelesa

"Chi pór màrter de la cassina Pèlesa"

La cascina *Pèlesa* era la proprietà più ad ovest del *Serìt*. Era la costruzione più vecchia e malandata edificata a poche centinaia di metri dalla famigerata "Valle del lupo" oltre la quale correva il Fosso Bergamasco. In pochi avevano il coraggio di passare in quelle zone a meno che avessero buoni motivi per correre i rischi di varcare quei confini. I fattori della *Pèlesa* erano poveri né più né meno degli altri, ma il loro isolamento ne faceva cittadini di valore inferiore. Vicino alla cascina scorrevano i corsi d'acqua più rigogliosi e la terra si prestava bene alla coltivazione delle angurie. L'esponente di spicco della cascina era il Maurizio, un bell'uomo con i capelli brizzolati, un vero guascone sempre in ballo a fare scherzi e raccontar barzellette. Era un lavoratore senza eguali ed infatti di giorno faceva il contadino e la notte il manutentore in un'azienda a Treviglio. Neppure sua moglie, con cui fu sposato per trent'anni, disse di averlo mai visto dormire più di cinque minuti filati.

I malmostosi della cascina Battaglie

"I malmustùs d'i Batàe"

"I malmustùs d'i Batàe" erano i fratelli Gusmini detti i *"Güsmì"*. Abitavano da sempre alla grande cascina Battaglie nei pressi della strada per Bergamo in direzione est. La famiglia dei Gusmini era numerosissima ma i più conosciuti erano Massimo e Pierluca che non accettavano di essere definiti agricoltori ma ortolani, definizione che indispettiva tutti gli altri *"paisà"*. Certamente possedevano uno spiccato spirito imprenditoriale tanto da diventare i primi a coltivare ed a commercializzare le foglie del tabacco che davano un reddito superiore del *"melgù"*. *"La cassina d'i Batàe"* era tra le più belle e ben tenute con una chiesetta privata dove Predestino si recava a celebrare la Messa. Nella corte svettavano fusti di cerri secolari tra i più vecchi al mondo che s'innalzavano verso il cielo. A celebrarne la vetustà si organizzava una festa in cascina con gli alberi addobbati da drappi di carta dai mille colori. I Gusmini erano tutti ottimi fattori, anche se molto litigiosi con il vicinato. Le liti finivano a cospetto della Contessa che trovava sempre le parole giuste per riappacificare le parti chiamando garanti gli anziani delle famiglie coinvolte. La calma durava fino alla chiamata dei vecchi nelle braccia del Signore.

Il cane da pastore Ciomi

"Ciomi 'l ca pastùr"

Era uno degli abitanti più importanti del *Serìt*, si chiamava *"Ciomi"* ed era un cane da pastore bianco, alto ed imponente, forse di razza maremmana. Era stato abbandonato appena nato durante una transumanza. Aveva le zampine deboli e sia la madre che il pastore non sapevano che farsene. Così il batuffolo fu gettato in piazza una sera di ottobre che non aveva ancora aperto gli occhi. Resistette ad una gelida notte e la mattina fu raccolto ed infilato al caldo sotto ai piedi della stufa di Alice. Un contadino di passaggio disse che bisognava fargli degli impacchi di argilla alle zampe come si faceva con i vitellini nati prematuri. Così il piccolo venne messo in un secchio e bendato come una mummia con gli stracci raccattati nella locanda. Dopo una settimana di trattamento fu estratto quasi morto, ma una volta sbendato partì come una saetta correndo tra le corti. Pare che il nome gli fu dato dal terzo figlio di Sandrino *"I paisà"* ma che in un primo momento confondendolo con un gatto lo chiamò "Micio" e solo dopo accortosi dell'errore ne girò le lettere. *Ciomi* non ebbe mai un padrone né una cuccia e non conobbe mai l'affronto del collare. Quando si fece grande rappresentò uno dei più importanti guardiani del borgo. Pesava più o meno sessanta chili ed aveva un folto pelo talmente bianco che sembrava stato "pucciato" nella candeggina. Aveva due occhi neri espressivi più di quelli del *Vampa*, ma con lui condivideva lo stesso alito fetido. Era ovunque: la mattina faceva visita alla Tilde per rubare un pezzo di pane secco, in estate rotolava nelle foglie delle pannocchie sotto l'aia mentre in inverno riposava al calduccio delle stalle vicino al bestiame. Non c'era attività ove non fosse presente. Scortava i bambini nel bosco a succhiare i frutti dell'albero "dolce amaro" e sovente accompagnava Manolo e Corrado sui barconi. Era solito sostare in mezzo alla strada principale al termine del lungo viale alberato che iniziava alla cascina Battaglie. Ce lo si ritrovava d'innanzi quasi di sorpresa perché sino all'ultimo rimaneva accucciato con il muso e le zampe radenti terra. Poi, se gli si faceva sotto un "seritiano" mostrava la pancia in cerca di carezze, ma se invece ad arrivare era un forestiero, si alzava sulle zampe e mostrava i denti. Si dice che, vedendolo, più di un "bravo" avesse fatto marcia indietro. Anche i lupi gli stavano alla larga e dal momento del suo arrivo non ci fu mai più un caso di attacco alle greggi.

Martedì 18 aprile 1899:
la scomparsa di Corrado

"Martedé 18 de aprìl 1899:
scumparìt Corado"

La vita al Cerreto iniziava appena sorgeva il sole e faceva giorno. I contadini lavoravano i campi per qualche ora poi governavano il bestiame. Quelli impegnati fuori borgo s'incamminavano per raggiungere in tempo la meta quando dominava ancora il buio. Quel martedì diciotto aprile sembrava seguire monotono tutti gli altri giorni. Il suono delle campane della chiesa annunciava la Messa. Le donne imbacuccate e vestite con grembiuli neri fino alle caviglie si chiedevano se il suono di quel giorno non avesse qualche cosa di diverso perché i rintocchi suonavano striduli e tristi. Alice *"l'ustéra"* aveva da poco acceso le braci sotto il pentolone di verze e aspettava che Pier e Annadia passassero da lei prima di andare *"a fò"* nei campi per spostarle una catasta di legna. Il *Rigànt* aveva raggiunto a cavallo la stazione ferroviaria della vicina Treviglio per ritirare un pacco che aspettava da giorni. Sandrino si era precipitato alla stalla per verificare se la mucca avesse partorito perché erano due giorni che era rabbiosa. Purtroppo, appena varcata la soglia della stalla, *Sandrì* si ritrovò con un vitellino morto strangolato dal cordone ombelicale. Manolo attendeva alla fontana, come tutti i giorni, l'arrivo di Corrado per recarsi al lavoro a piedi a Cassano d'Adda e poi da lì Milano su una zattera. Dopo una breve attesa, non vedendolo arrivare, si avviò da solo perché si ricordò che l'amico lamentava un dolore a un dente e immaginò fosse andato per un controllo da Bruno *Manént*. La giornata stava trascorrendo in una calma apparente: i bambini giocavano gustandosi la brezza primaverile che scrollava le punte dei cerri ed all'orizzonte si scorgeva il paesaggio innevato delle valli bergamasche. I cerretani erano fieri del loro borgo e si sentivano al sicuro perché sapevano che a proteggerli non c'era solo la Madonna di Lourdes ma anche la presenza della Contessa che tutto sapeva attraverso il *Rigànt*. Così, venuta sera, Manolo di ritorno dal lavoro s'infilò dritto nell'osteria di Alice per avere notizie su Corrado, ma sia *"l'ustéra"* sia i *"ciuchetù"* riferirono di non averlo visto quel giorno. Incontrò allora il *Manét* a cui chiese se Corrado fosse passato da lui per il dolore al dente, ma anche dal *Manét* ricevette risposta negativa. Preoccupato si recò persino da Don Predestino il quale gli riferì di averlo intravisto all'alba addentrandosi con la *megèra* nel bosco. Manolo attese tutta notte e l'indomani bussò alla porta di Leida che provò a rassicurarlo raccontandogli che il giorno prima lei e Corrado erano usciti insieme, ma che sospettava che lo stesso avesse avuto intenzione di fuggire dal Cerreto. Il *Rigànt* non appena questa voce si sparse avvertì la Contessa che lo inviò al *"bosc della Berluna"* dove già in passato furono trovati appesi a un albero diversi disperati. Non avendo trovato tracce di impiccagione alcuna si diresse direttamente alla gendarmeria per denunciare la scomparsa del Corrado. Nel frattempo dai contadini *"de la cassina Pèlesa"* giungevano notizie di animali terrorizzati ed impazziti da qualcosa di oscuro. Il coraggioso Maurizio raccontò di aver trovato impronte di lupi nelle vicinanze delle stalle e stranamente, in concomitanza della scomparsa del giovine, gli ululati notturni si erano fatti più forti ed insistenti.

Giovedì 20 aprile 1899: l'interrogatorio

"Giuadé 20 aprìl 1899: l'nterugatòre"

Due giorni dopo la sparizione del giovane da Bergamo fu inviato un commissario meridionale che si chiamava Gennaro Ruoppolo. Diceva di essere parente di un generale napoletano e si vantava con chiunque di questa discendenza. Era un uomo minuto con capelli neri e baffi lunghi unti come se fossero stati spennellati di grasso. Indossava una divisa alquanto sgualcita di almeno due taglie in meno ed era sempre sudato anche quando stava all'ombra. I bottoni della giacca erano quasi tutti saltati dalle asole per la pressione della pancia che sembrava scoppiare da un momento all'altro. Arrivò cavalcando un mulo che probabilmente non era il suo perché disubbidiva a qualsiasi ordine e, dato che il ciuco non rispondeva nemmeno al comando dell'alt, dovette lanciarsi dall'animale ancora in corsa. Il militare pareva più interessato allo stufato della locanda di Alice che alle indagini sulla sparizione. Prese posto su di un tavolone dell'osteria della giovane e srotolato un foglio interrogò una cinquantina tra braccianti ed agricoltori. Da come impugnava il pennino si capiva che non era capace di scrivere ed infatti in ben quattro ore non appuntò nulla. Fece poi un giro nelle cascine chiedendo una caraffa di latte appena munto ed al panificio di Tilde pretese un pezzo di pane, omaggio per la divisa che indossava. Si intrattenne anche alla locanda della *megèra* facendo quattro domande di numero su Corrado ed almeno una decina su quella specie di piadina che la locandiera gli offrì, chiedendone una scorta da portare a casa. Passeggiò per il bosco di cerri fingendo di cercare indizi, ma si capiva bene che in realtà stava cercando solo qualche fungo da mettersi in tasca. Il *Rigànt*, che rappresentava la legge in tutti i poderi dei Piazzoni, vedendo quel tutore dell'ordine goffo e lazzarone vietò a tutti i fattori di dargli altre cose da mangiare altrimenti non se lo sarebbero più tolto dai piedi e così, a fine giornata, il commissario privò il Castello della sua presenza dato che sua moglie era al termine di una gravidanza cui era previsto un parto difficile, visto che la donna pesava più di centoventi chili distribuiti su di un metro e trenta di altezza. Manolo non fu nemmeno interpellato ed arrivò in piazza a tarda serata. Si vedeva che non aveva dormito da giorni ed aveva due occhi pesti con due borse sotto che ci si poteva appoggiarci sopra due bicchieri. Si diede una sciacquata alla faccia e sedutosi su un ceppo fu raggiunto dal *Rigànt* e dal Sandrino. I tre parlarono a lungo passandosi una pipa di mano in mano. Ancora non sapevano cosa fosse successo, ma soprattutto non riuscivano a comprendere quella sparizione. Corrado era un uomo di cuore, di quelli che vedono qualcosa di buono in qualsiasi persona ed era inoltre incapace di ficcarsi nei guai, perché sapeva bene di essere l'unico sostentamento per la sua famiglia. Aveva amici ovunque e, all'infuori delle storiche scaramucce con il *Vampa,* nessuno ricordava di averlo mai visto arrabbiato. La sua assenza stava rendendo l'aria pesante tanto che nessuno in quei giorni sentì il profumo della primavera che si stava facendo avanti.

Lunedì 1 maggio 1899: le ricerche

"Lunedé prim de macc 1899: i circa sö"

Ufficialmente le ricerche partirono di lunedì. Il centro di comando fu allestito nel cortile padronale e la popolazione fu chiamata dai rintocchi della campana a martello fatta suonare di proposito dal parroco, come quando accade un incendio o un fatto gravissimo. Il *Rigànt* piantò un tavolo di grandi dimensioni sul ciottolato e chiamò Pier, il fratello di Annadia, in veste di "geometra" della comunità. Il ragazzo con carta e penna fece una cartina dei poderi e già di buon mattino tutti gli uomini della zona si radunarono per dare una mano nella ricerca. Erano presenti tutti i contadini ed in quell'occasione si incrociarono gli sguardi di famiglie che da anni non si degnavano di una parola, ma quello era il momento di accantonare i vecchi rancori. Così, i fratelli Gusmini delle Battaglie, unici ad avere un cavallo, batterono tutta la zona est in direzione di Castel Rozzone, con l'aiuto dei cugini Russù, nonostante fossero i loro acerrimi nemici. Manolo si diresse a Milano ripercorrendo il canale con il barcone e fermandosi a chiedere informazioni ad ogni punto di carico. Erasmo, che era un uomo coraggioso, andò a Bergamo battendo sia città alta che le vie malfamate di quella bassa, frequentate da donne di malaffare e da briganti. Diversi altri fattori, in gruppi di quattro, andarono in avanscoperta in tutti i mulini sino a Gorgonzola e poi verso Romano di Lombardia. Tutti i boschi della zona furono setacciati e Pier, che conosceva come le sue tasche i canali, li percorse ispezionando ogni singola chiusa. Arrivarono anche cento operai del linificio di Crespi d'Adda mandati dal titolare. Erano ben equipaggiati con stivali ai piedi e sulle spalle avevano mantelline di uno strano tessuto impermeabile. Gli fu affidato il compito di perlustrare la zona ovest sino al confine del fosso Bergamasco e dovettero pure sondare la famigerata "Valle del lupo", ove nessun cerretano si sarebbe mai addentrato. Sandrino il contadino, con il cavallo della Contessa, si recò invece in tutti gli ospedali mostrando una foto del Corrado vecchia di anni che lo ritraeva con il compianto Emilio. Tante altre persone si unirono alle ricerche ed addirittura dalla montagna arrivarono dei pastori con i loro cani convinti di riuscire a fiutarne qualche traccia. Il gruppo di ricercatori lavorò al meglio per tutto il giorno e solo a tarda notte fermarono le ricerche stremati e demotivati. Un'interprete siriana di nome Abir diede il suo contributo andando in tutte le Ambasciate per cercare il nome dello scomparso sui visti di quei giorni ed anche se conosceva più di dieci lingue non scoprì nulla. Tutti gli sforzi furono vani. Corrado sembrava sparito nel nulla, fu addirittura messa a soqquadro anche la sua casa di Treviglio, ma senza esito. A quel punto *Sandrì 'l paisà,* preso dallo sconforto, andò dalla cartomante "Maria e le Stelle" per un consulto. La donna sembrò avere avuto già sentore della visita ed infatti aveva nascosto le sue figlie. Si presentò nel centro della stanza illuminata a mala pena da una mezza dozzina di candele le quali sembravano lì lì per spegnersi da un momento all'altro. Era già sistemata con il suo velo nero sulla testa, che celava un'espressione seria, ed i suoi piedi immersi in un catino di acqua putrida. L'uomo le chiese, con un filo di timore, se potesse fare "un giro di carte" su quella faccenda. Maria non utilizzò il solito mazzo, ma dissotterrò da sotto la cenere del camino un pacchetto di vecchi tarocchi avvolti in uno straccio marrone. Gli erano stati regalati da una vecchia che era stata imprigionata per stregoneria nella Torre del Castello di Trezzo, che il giorno del processo sparì in circostanze misteriose calandosi da una finestra posta a trenta metri di altezza. Con quelle carte giganti, che avevano mezzo secolo, cominciò ad interrogare l'occulto, ma la lettura si fermò ai primi quattro tarocchi che mandarono subito in trans la donna. Il primo tarocco, la luna che significava inganno e falsità, poi la torre, che dichiarava la catastrofe, quindi un uomo impiccato, sinonimo di tradimento e per ultimo il diavolo, che simboleggiava il danaro e la morte dopo lunga sofferenza. La seduta fu così dichiarata chiusa. Gli elementi forniti dal trascendente confermarono quel cattivo presagio che con il passare delle ore andava insinuandosi in ogni testa. Insolitamente, la maga non pretese alcun compenso, ma prima di congedare l'uomo disse che quella stessa notte aveva avuto un sogno premonitore con due figure poco nitide e che per questo avvertiva un grande pericolo per tutto l'abitato. Un uomo anziano, alto e magro ed una donna minuta ambedue forestieri. La cartomante non disse nulla di più, sapeva bene che la Contessa avrebbe ben presto appreso ciò che era emerso dal consulto e sapeva che, se avesse detto la verità sino in fondo, avrebbe potuto subire lo sfratto per tutta la sua famiglia. L'intagliatore Bruno preparò con un carboncino un migliaio di fogli con l'identikit di Corrado e la scritta "scomparso da Treviglio", riportando sul fondo del foglio l'indirizzo del commissariato cittadino. Il plico di fogli fu affidato a Federico Romagnoli, un giovane cavaliere di origini romane che cavalcava un cavallo tedesco di nome "Buster". Il ragazzo per lavoro consegnava lettere urgenti per tutta la Lombardia e notissima era la sua velocità. Era un bel tipo con gli occhi azzurri e capelli biondi ed aveva una barba talmente ruvida da piallarci il legno. Nel giro di quindici giorni affisse per chiese e piazze di mezza Italia il prezioso identikit arrivando sino al Vaticano. Purtroppo anche questo lavoro fu inutile perché nessuna segnalazione via lettera arrivò mai né a Treviglio né al Cerreto.

Sabato 27 maggio 1899: la visita del Vate

"Sàbet 27 de macc 1899: rìa 'l Vate"

In quel periodo di assoluta confusione e terrore ci fu un'inaspettata visita al castello che per un attimo sembrò portare un momento di serenità. Arrivò al Cerreto il Vate Gabriele D'Annunzio, di ritorno dalla scala di Milano, ove il giorno prima aveva ottenuto un grandissimo successo con la sua opera "La Gioconda" interpretata da Eleonora Duse ed Ermete Zacconi. Il letterato, avvezzo ad una vita in grande stile, si presentò in piazza cavalcando uno stallone bianco seguito da una carrozza dorata con a bordo la compagna ed attrice Eleonora Duse. I due furono ospitati dalla Contessa Emilia la quale non gradì la visita, ma che dovette attenersi alle usanze del galateo tra nobili. Accettò gli ospiti, ma prima di cena li invitò ad accompagnarla a piedi, per la sua abituale preghiera sino alla cappella di Lourdes. Il Vate fu indispettito dalla presenza a breve distanza del *Rigànt* che seguì la comitiva imbracciando lo schioppo e brandendo un lungo bastone chiodato. Per la cena la Contessa fece togliere dalla ghiacciaia qualche fungo e della cacciagione e chiamò da Treviglio il miglior cuoco del mondo, il Marco Colleoni, conosciuto con il soprannome di "Il Colle".

L'ostiere era diventato famoso poiché si occupava della cucina della tenuta di Monza ed era esperto nella preparazione della selvaggina cacciata nelle tenute regie. La cena fu servita nella sala grande del castello, ma D'Annunzio non poté godere delle stupende pietanze perché continuamente infastidito dai nitriti del suo stallone che, scesa la notte, cominciarono a farsi sempre più insistenti. Lo spiccato sesto senso del poeta e l'inquietudine del suo cavallo gli fecero percepire che qualcosa di oscuro stava accadendo lì intorno ed a nulla servì la calma e la sicurezza ostentata dalla padrona di casa. La notte fu terribile: Gabriele D'Annunzio non chiuse occhio per gli ululati dei lupi ed i versi disumani che provenivano dall'orizzonte. Prese addirittura uno schioppo celato sotto la carrozza e salì sulla torre del castello cercando di prendere la mira verso l'oscurità. Sentiva che qualcosa di orrendo stava certamente accadendo nei dintorni, perché, miste all'ululato dei lupi, sembravano intuirsi indistinte grida disumane. Il vate non attese l'alba e, notte tempo, saltò sul suo cavallo seguito dalla moglie e corsero di gran carriera verso Bergamo dove ottennero ospitalità dall'amico Conte Camozzi. La mattina Emilia non fu sorpresa della frettolosa fuga e mandò una lettera di scuse a tutti gli ospiti per la notte difficile passata a palazzo. Di quella esperienza il Vate non ne fece parola con nessuno. Nei giorni successivi, raggiunta Roma per la seconda rappresentazione della sua opera, qualcuno gli riferì della sparizione nella bergamasca di un poveretto e della presenza di branchi di lupi famelici, ma tale era il suo fermo desiderio di rincorrere il bello e fuggire i lati oscuri della vita che cancellò dalla sua memoria quella tremenda notte colma di ululati e versi disumani.

Martedì 30 maggio 1899:
l'incendio del fienile di Sandrino

"Martedé 30 de macc 1899: brüsàt al carèt"

Quel martedì del 30 maggio 1899 il cielo era sereno e le stelle illuminavano la colonia agricola in tutta la sua bellezza. Sandrino era andato a controllare le chiuse dei fossati perché l'acqua era un bene prezioso e non ne andava sprecata nemmeno una goccia e poi si attardò fermandosi da Alice a cercare qualche giovinotto che lo aiutasse a togliere le sterpaglie al canale della *Pèlesa*. Entrato nella locanda fu investito dalle solite discussioni da bar di personaggi alticci che da mattina a sera non facevano altro che attaccar briga con la gente e coi lavoratori. Nel giro di pochi minuti Sandrino cadde nella trappola dei nullafacenti e, dopo un breve diverbio, mise al tappeto quattro ubriaconi lasciando il locale come un pugile vittorioso. Girò l'angolo ed andò a casa sua, alla Cascina dei Massari. Mangiò un pezzo di polenta pucciata nel latte freddo e si coricò abbracciando sua moglie con una mezza dozzina di piedi in faccia perché era usanza far dormire i bambini nel lettone dei genitori con la testa dal lato della pediera. Aveva preso sonno da dieci minuti o poco più che un forte odore di fumo lo fece balzare sulla paglia e vide il suo fienile in preda alle fiamme.

Non ci fu nulla da fare: in pochi istanti tutto ciò che aveva andò in cenere. Il fuoco divorò i fasci di paglia, i suoi attrezzi, la macchina seminatrice costruita con Bruno l'intagliatore ed il carretto. La mattina successiva prese il mulo ed andò sconsolato a cercare aiuto dai suoi fratelli a Castel Rozzone. Tornò nel tardo pomeriggio con un carretto semi nuovo prestato da un parente ed un montone di paglia regalato da alcuni fattori. Da quel giorno Sandrino dubitò di tutti i suoi concittadini perché era certo che tra di loro si nascondesse il maledetto incendiario.

Domenica 4 giugno 1899:
l'uomo col tabarro

"Dümìnica 4 de giügn 1899:
l'òm co 'l tabàr"

L'uomo col tabarro che da qualche tempo si aggirava al Cerreto, era una figura misteriosa ed inquietante, tanto che tutti ne parlavano, anche se pochi l'avevano visto. Al rintocco della mezzanotte iniziava ad aggirarsi con la sua cappa nera con qualcosa di voluminoso portato dietro la schiena. Una notte Sandrino lo aveva addirittura rincorso a piedi scalzi, ma il misterioso personaggio si era allontanato velocemente aiutato nella corsa da stivali da montagna. Ad inizio giugno l'individuo ricomparve nel cuore della notte a due contadini che di fretta stavano andando alla stalla a far partorire una mucca. I due gli intimarono di fermarsi, ma l'energumeno, dotato di una forza inaudita, li stese entrambi lasciandoli a terra tramortiti. Il giorno successivo tutti avevano saputo dell'accaduto, sia all'osteria sia in piazza, ma stranamente i due testimoni non ebbero ardire di presentarsi all'udienza domenicale della Contessa dicendo di non essere stati convocati dal *Rigànt.*

Mercoledì 21 Giugno 1899:
il direttore di banca Lucio Crotti

"Merculdé 21 de giügn 1899:
Lucio Crotti 'l diretùr de la banca"

Da più di vent'anni il patrimonio dei Piazzoni era gestito da Lucio Crotti, un banchiere bergamasco capace ed ambizioso. Non era né di origini nobili né figlio di banchieri, ma partendo dal basso, aveva fatto una rapida carriera godendo prima della fiducia del Conte Costanzo e successivamente di sua moglie Emilia. Così, grazie anche a capacità e studio, divenne ben presto Direttore Generale della Banca Mutua Popolare di Bergamo fondata nel 1869. Arrivava a Castel Cerreto ogni quattro mesi lasciando la carrozza all'ingresso di via Bergamo assieme alla sua storica segretaria, la Dottoressa Bellavite. Tutti lo riconoscevano perché "*I diretùr*" non cambiava mai di abbigliamento, indossava sempre un abito nero gessato con cravatta viola e in inverno, per proteggersi dal freddo, aggiungeva solo una mantella scura. Crotti era noto per essere un grande oratore ed era famoso nell'ambiente della finanza, tanto che veniva chiamato da altri banchieri in tutta la penisola per concludere trattative impossibili. Aveva più o meno cinquant'anni, più alto della media, con una folta chioma di capelli neri ed un volto bianco come le sue camicie, sempre perfettamente inamidate, quasi fossero appena uscite da una stireria. Era anche molto miope e sul naso portava occhialoni rettangolari in bachelite nera che lo rendevano riconoscibilissimo. Quando incontrava un cliente aveva un rito: da sotto braccio estraeva una cartellina di pelle nera, la elevava al cielo aprendola con le due mani e, dopo un lungo respiro, cominciava a parlare senza prendere fiato suscitando negli astanti un misto di stupore ed ipnosi. E quando ciò non bastava e la controparte gli teneva testa, cominciava a far vibrare il capo alzando la voce ripetendo la stessa parola per due o tre volte. Ma non era solo un insuperabile oratore, era anche un uomo intelligente e sapeva bene che alla Contessa non doveva vendergli nulla. Il Crotti e la Bellavite venivano ricevuti in biblioteca seduti da un lato del lungo tavolo rettangolare mentre la priora si accomodava dalla parte opposta. A quei tempi la famiglia Piazzoni aveva depositato nelle casse della Banca Mutua Popolare di Bergamo ben centoventicinque milioni di lire, ma di questi Emilia era solita investirne solo una piccola parte. Per la verità, ciò non andò mai giù al banchiere, il quale si considerava da sempre un onesto partner della casata e credeva pertanto di poter meritare l'amministrazione di più capitali. A quei tempi la banca non faceva solo da cassa di credito, ma, per i clienti più importanti, rappresentava anche un connettore di esigenze per affari di qualsiasi genere. Ed infatti, anni prima la Contessa aveva affidato a Lucio ben cinquemila lire per recarsi a Roma al monte di pietà con il compito di acquistare un quadro del pittore Rembrandt. 'L diretùr fu talmente abile durante l'asta che oltre all'opera si aggiudicò, senza aggiungere un solo centesimo in più, anche un'incisione su legno dello stesso artista. Quel caldo mercoledì di giugno non parlarono solo di affari perché, per la prima volta in tanti anni, Lucio ruppe il rigido protocollo bancario e chiese lumi sulla sparizione di quel giovine, il Corrado. Era infatti al corrente sia dell'avvenuta sparizione che della presenza di branchi di lupi famelici, in quanto da giorni tali notizie stavano sulle prime pagine dei giornali. Emilia rimase sorpresa per l'interesse e rispose che stava facendo tutto il possibile per sapere che fine avesse fatto il suo cittadino, ma non andò oltre senza far trasparire il senso di impotenza che stava vivendo. Il banchiere si rese disponibile a mettere lire mille per chiunque fornisse informazioni utili, ma tale offerta fu rifiutata immediatamente, per non far divenire il borgo un crocevia di avventurieri a caccia di facili guadagni. La scomparsa del ragazzo stava rapidamente mutando il clima di quell'ambiente tranquillo che per più di quattrocento anni era chiamato "Il Cerreto".

Domenica 25 giugno 1899:
l'udienza della Contessa

"Dümìnica 25 de giügn 1899:
l'udiènsa da la Cuntèssa"

Come ogni domenica, il giorno del Signore, la Contessa dava udienza ai suoi cittadini i quali erano tenuti a vestire bene, con gli indumenti della festa, e senza gli zoccoli sporchi di fango, altrimenti il guardiano li rimandava da dove erano venuti. Quel giorno i primi della lista di ricevimento erano una coppia di sposini della Cascina *Pèlesa*. I due, stupiti dalla bellezza del salone rimasero talmente tanto con la bocca aperta che gli si seccò la gola. Arrivata la nobildonna, il contadino con un italiano stentato, ma pieno di riverenze, gli chiese un "cambio alloggio" perché era da poco nato il quarto figlio e gliene erano già morti due per l'umidità ed il freddo. Seguì poi il guardiano di Palazzo Marenzi di via Pignolo 45 a Bergamo, la residenza fiscale dei Piazzoni. Si chiamava Massimo detto "Max" e per anni aveva fatto il nostromo su barche da pesca ed era originario della cittadina portuale di Alassio. Aveva il corpo completamente tatuato con motivi floreali e marinareschi e sul dorso della mano una rosa rossa che incuriosiva sempre Emilia, la quale, ad ogni incontro, chiedeva le venisse mostrata. Il vecchio marinaio chiese un contributo economico per disboscare il parco della tenuta, perché sovente la notte erano soliti bivaccarci dei *brigànt* e l'unico modo per risolvere il problema era bonificare l'area. All'uomo, poi successe una donna di malaffare che si chiamava Cristina, veniva da Treviglio e diceva di avere informazioni importanti sul Corrado. Immediatamente la donnaccia chiese soldi in cambio di ciò che sapeva ed in un men che non si dica il *Rigànt* la acciuffò per il cappuccio e la trascinò fuori dal palazzo come fosse un sacco di patate. Per ultimo, fu ricevuto Manolo che si sedette ai piedi della Contessa con la testa sul suo grembo. I due parlarono a lungo e di tanto in tanto, a voce bassa, quasi sussurrando. Il gigante buono dal giorno della sparizione del suo amico non aveva mai smesso le ricerche e non era più andato a lavorare. Emilia, mentre il giovane parlava, gli dava una carezza sul volto perché gli ricordava suo figlio e con l'amore che solo una madre può avere, lo spronava nel continuare le ricerche dichiarandosi disponibile ad aiutarlo economicamente. Le richieste di quella domenica furono tutte accettate, esclusa quella della poco di buono Cristina, e sul libro nero delle persone indesiderate fu appuntato a futura memoria il nomignolo "odio Cristina di Treviglio".

Venerdì 30 giugno 1899:
P come polenta - P come pellagra

"Venerdé 30 de giügn 1899:
P 'mè pulènta - P 'mè pelagra"

La polenta era alla base della scarsissima alimentazione della popolazione di tutta la bassa. La farina di mais era facile da cucinare ed a basso prezzo, anche se il vero problema era la sua scorretta lavorazione, poiché si era soliti bollirla per ore rendendola priva di tutte le proprietà nutritive. Gli effetti di un'alimentazione così povera si videro ben presto con la diffusione della Pellagra che anche a Castel Cerreto era diventata una malattia sociale. I sintomi erano tre: la dermatite che sfigurava donne e uomini, soprattutto sul volto e sul palmo delle mani; la dissenteria, che era una cosa praticamente normale sin dall'infanzia e che ti accompagnava sino alla vecchiaia; e la demenza, che era l'effetto più terribile ed improvviso di questa maledetta malattia. Quel venerdì notte, mentre già incombeva la disperazione nel paese per i misteri della sparizione, degli incendi e dell'uomo con il tabarro, d'improvviso si alzò un vento che soffiò la "pellarina" in ogni cascina. Fu una notte che nessuno dimenticò. La luna piena illuminava a giorno il borgo e dalle case si udivano urla ed imprecazioni, ovunque sordi rumori di pugni sulle porte. Dalle finestrelle ferrate apparivano volti con gli occhi fuori dalle orbite e sembrava che nel paese fosse passato Lucifero in persona a portare la disperazione. Tutto quel baccano fece svegliare la Contessa che ebbe la sensazione che "il suo impero" stesse crollando. Quella notte, e fu l'unica in cinquant'anni di servizio del *Rigànt*, al cocchiere fu ordinato di montare la guardia con lo schioppo, mentre assisteva ad una macabra danza di uomini e donne che si trascinavano sulle strade in preda al delirio della "pellarina". La mattina successiva Emilia mandò una lettera al Dottor Guido de Probizer, ma allegata alla missiva ci accompagnò ben venti suoi fattori. I malati furono letteralmente issati su un carro per il fieno. Alla guida del carico di disperati il *Rigànt* e Sandrino, che custodiva anche un sacchetto con all'interno mille lire. Lettera, malati e soldi erano diretti a Rovereto ove era nato da pochissimo il primo sanatorio che curava la pellagra. Fu una decisione rapida ed improvvisa presa dalla nobile, che nella sua vita non aveva mai agito d'impulso. Quella scelta però salvò la vita dei suoi cittadini che in soli sei mesi guarirono miracolosamente ritornando felici alle proprie famiglie.

Sabato 1 luglio 1899: il Pozzi e il Paravisi

"Sàbet 1 de lüi 1899: Póssi e Paravìs"

Nei primi giorni della sparizione del Corrado, da tutta la Lombardia arrivarono i corrispondenti delle più importanti testate d'informazione, e la discesa da Bergamo di due famosi giornalisti investigativi fu una cosa che non passò inosservata. Il primo sceso al borgo era il temibile cronista dell'Eco di Bergamo Patrick Pozzi. Attaccato il cavallo si era fermato al bancone di Alice per bere un bicchierino di vino rosso. Era solito camminare con la testa bassa assorto nei suoi pensieri, anche se era dotato di una vista portentosa e riusciva a cogliere ogni dettaglio sulle scene del delitto. Fece domande un po' impertinenti, sia al bar che nella zona delle stalle, e non fu per nulla sorpreso della riluttanza dei contadini nel parlare di quella faccenda. Il Pozzi, per non sprecare carta, prendeva appunti su di un tanto minuscolo taccuino che pareva si scrivesse sulle mani. Volle incontrare anche Predestino, il prelato, che era l'ultima persona ad aver visto lo scomparso. Nessuno mai seppe quali domande gli fece e perché il "Don", dopo il colloquio, si barricò in chiesa per due giorni a consumare i grani del rosario.

A metà pomeriggio dello stesso giorno apparve, con una macchina da scrivere Remington portata a tracolla a modo di fisarmonica, il leggendario Fabio Paravisi. Costui era il più irreverente ed avventuroso cronista del tempo, noto per diverse indagini riportate anche sulla prima pagina del New York Times. Si diceva che anni prima si fosse fatto imprigionare nel carcere di Napoli per ben sei mesi assieme a Mariolo Falcone, reo confesso di due efferati delitti. Il Paravisi, durante la detenzione, raccolse l'involontaria confessione di altri sette omicidi e scoprì persino che il galeotto aveva avuto due figli fuori dal matrimonio. Il cronista una volta liberato pubblicò il diario di quei racconti a puntate sul Corriere della Sera e, oltre a intascare il gradimento dei lettori, fece anche guadagnare il cappio al povero disgraziato. Nell'ambiente dell'informazione si diceva che la sua sete di notizie inedite lo aveva spinto a comprare un appartamento confinante con il commissariato di Bergamo, così che la sua sala da pranzo fosse confinante con la cella degli interrogatori. Pareva che la povera moglie fosse costretta ad origliare tutto il giorno per permettere al marito di pubblicare notizie inedite e scoop clamorosi. Il Paravisi al Cerreto fece visita a Leida la *megèra* e scoprì che Corrado non aveva tolto nemmeno una moneta dalla latta dove nascondeva i suoi risparmi e quindi l'ipotesi della fuga crollò. Cercò poi di interrogare i figli della donna, ma si accorse che erano stati ben educati al silenzio, anche se i loro occhi sembravano contenere segreti che la madre gli aveva vietato di rivelare. Notò che il chiavistello e le cerniere della porta posteriore della locanda erano meglio oliati di quelli della porta principale e se ne andò con uno strano tarlo nella testa. Tornato a Bergamo, prima di stendere l'articolo, chiese di parlare con l'investigatore Gennaro Ruoppolo che aveva gestito il caso, ma apprese che il militare aveva ottenuto il trasferimento sull'isola di Capri, ove vivevano i suoceri, e scoprì per giunta che la vicenda del Corrado era stata archiviata in soli venti giorni come "allontanamento volontario".

Lunedì 10 luglio 1899: il piede amputato

"lunedé 10 de lüi 1899: al pé mucià"

Quella strana mattina fu impossibile da dimenticare in paese. In piazza apparve ciondolante la sagoma di *Ciomi*, il cane da pastore. Sconsolato e con il muso basso teneva tra le fauci qualcosa, il suo manto non era più bianco ma rosso sangue. Arrivato alla fontanella si avvicinò ad alcuni uomini che stavano caricando un carretto ed abbandonò a terra il boccone. Aveva posato un piede d'uomo mozzato, con un pezzo di osso e tutti i tendini sfilacciati. L'arto sembrava appena stato strappato dal resto del corpo ed il sangue ancora zampillava fuori dalle vene. I contadini capirono subito che avrebbe potuto trattarsi di un arto del Corrado e andarono a chiamare aiuto. Nel frattempo, mossi a pietà, misero quel brandello all'interno di un cappello per non farlo vedere alla gente che si era radunata. Arrivò Manolo, che da mesi cercava senza sosta almeno una traccia dell'amico, e vedendo quella scena si mise in ginocchio con le mani sul volto. Fu avvisata anche la Contessa che fece radunare tutte le donne e le signorine in Chiesa per recitare preghiere e rosari sino a notte fonda. *Ciomi* aveva abrasioni ovunque e sul collo erano evidenti due profondi morsi. Si buttò a terra stremato e quando arrivò il veterinario per medicarlo in molti pensarono che stesse morendo. Il "dottore delle bestie" si chiamava Giardinelli e nella sua vita ne aveva viste davvero di tutti i colori. I contadini dicevano che aveva un dono, perché sapeva parlare agli animali e, inoltre, una volta aveva assistito al parto di un elefante del circo e si era addirittura infilato nel corpo del pachiderma per estrarne il piccolo. Giardinelli curò il cagnone e ricucì tutte le ferite con dovizia e precisione. Mandò il conto alla nobile che rimase sbalordita da quanto le era stato riportato: trecento punti per saturare morsi non riconducibili a specie nota. Emilia era una donna timorata di Dio e fervente cristiana, ma tutto quello che stava gravitando intorno al suo micro mondo fece vacillare le sue certezze. Qualcosa di oscuro si stava facendo avanti e non bastavano più né la protezione dello schioppo del *Rigànt* né i rosari delle devote donne. Gli ululati, gli occhi minacciosi dei lupi e le urla disumane che facevano eco tra i cerri cominciarono a dare anche a lei un forte senso di insicurezza ed un sinistro presentimento la colpì.

Domenica 30 luglio 1899:
il rogo del carretto

"Dümìnica 30 de l lüi 1899: brüsàt al carèt"

Erano le dieci di sera di una calda domenica di luglio. C'era un buio pesto e non si vedeva traccia né della luna né delle stelle. Improvvisamente alla cascina "di sopra" si udirono delle urla amplificate dalla campana dell'allarme. Un carretto colmo di stracci aveva preso fuoco e le fiamme rapidamente avvolsero anche l'abitazione vicina. Il proprietario si chiamava Erasmo ed era arrivato da Castel Rozzone in cerca di fortuna con sua moglie ed i due figli maschi grandi e grossi come il papà. Erasmo era ruvido nei modi come la corteccia di un cerro, ma apprezzato per la sua lealtà. Nonostante tutta la popolazione si prodigò per spegnere l'incendio, sia il carretto che la sua abitazione andarono in cenere. Erasmo disse che non vi era stato nessun innesco e che qualcuno poteva avergli fatto un dispetto forse per invidia di quella piccola attività di straccivendolo che stava portando ad una vita dignitosa i suoi cari. Fu così che andarono in fumo il suo lavoro e la sua casa. Ma al *Serìt* gli uomini leali avevano ancora considerazione e gli sfollati furono ospitati nelle case dei vicini per almeno otto mesi, sino a quando con immensi sforzi, Erasmo si ricostruì l'abitazione. In paese, ed in particolare al bar, cominciarono a girare voci su chi potesse essere il piromane invidioso, anche se tutte le attenzioni erano concentrate sulla ricerca di Corrado e l'evento, infondo, non scomodò nemmeno il *Rigànt*, che era affaccendato in cose più importanti.

Martedì 15 agosto 1899:
Alvise il Presidente

"Martedé 15 de agóst 1899:
Alvise 'l Presidènt"

Alvise Biffi era un caro amico di Corrado ed era un uomo importante; era uno che ce l'aveva fatta.

La prima borsa di studio l'aveva vinta in prima elementare e sin da giovanotto aveva manifestato uno spiccato senso imprenditoriale. Ciò lo portò a mettere in piedi una fiorente azienda commerciale e già all'età di trent'anni divenne Presidente degli Imprenditori Italiani. Due anni più tardi fu anche eletto Senatore sul collegio di Treviglio prendendo il novanta per cento delle preferenze. Ma nessuno lo chiamò Senatore e rimase per tutti quelli che lo conoscevano semplicemente "Il Presidente". Seppe della scomparsa mentre era ancora in Francia per concludere un contratto ed appena rientrato in Italia si fiondò al paesello per capire cosa era successo. Fu così che quel mattino del 15 agosto piantò la sua carrozza d'innanzi all'attività della *megèra* ed entrò togliendosi il cappello a bombetta. Aveva i capelli lunghi, irreverenti per i tempi, tanto quanto i suoi occhiali da vista rossi, senza i quali non vedeva ad un palmo dal naso. Rimase scosso per un istante dalla povertà degli arredi perché gli ricordavano la casa dove era nato. Fece qualche domanda alla *megèra* che si limitò a dire per ben due volte con un sorriso beffardo: "Corrado è uno scappato di casa". Alvise, nonostante il successo, era rimasto una persona della terra e sapeva che per secoli "quelli della città" si erano presi gioco dei contadini raccontandogli un sacco di balle. "Il Presidente" aveva così sviluppato un sesto senso che gli permetteva di capire subito quando qualcuno gli raccontava una frottola. E quella frase secca ed ingiusta non gli piacque per nulla e quel sorriso ancora meno. Alla terza volta che le sue orecchie sentirono "Corrado è uno scappato di casa" si alzò quasi di scatto e congedò la donna ringraziandola per il suo tempo. Poi agguantata la porta d'uscita esitò un istante e tornò indietro per dare una carezza ai suoi figli con un gesto che aveva tutta la dolcezza di un padre premuroso. Avrebbe voluto salvare quei due bambini da un futuro incerto, ma era convinto che i fantasmi della vita dei genitori avrebbero tormentato per sempre le anime dei figli e li lasciò, mettendogli nelle mani uno zuccherino che sapeva più di un addio che di un arrivederci. Li abbandonò alla sorte della madre la quale cercò di trattenerlo con una tazza di caffè, ma Alvise non voleva più approfondire quella faccenda. Troppo era l'affetto e l'amicizia nei confronti di Corrado e troppo sarebbe stato il dolore nello scoprire in quale raggiro poteva essere cascato il suo amico. Pare che in un secondo momento il Presidente ebbe un colloquio con la Contessa e la spronò a continuare le ricerche. Purtroppo l'incontro non portò a nessun risultato perché gli ululati dei lupi avevano vanificato anche in lei le speranze di trovare il poveretto.

Lunedì 11 settembre 1899:
l'albero del dolce amaro

"Lunedè 11 de setèmber 1899: la pianta dolce amaro"

Erano ormai trascorsi quattro mesi dalla scomparsa di Corrado. Dopo il primo momento di confusione la vita per i contadini riprese regolarmente. L'unico al Cerreto che non aveva perso le speranze era Manolo, che come un samurai continuava imperterrito nelle ricerche. Benché l'estate fosse sul finire e il clima caldo, perché le stagioni a quei tempi erano tagliate in modo netto, a metà settembre si poteva fare ancora il bagno nei fossi. Così, per rinfrescarsi di tanto in tanto, i contadini, al termine del lavoro, si immergevano in uno stagno vicino al bosco del castagno. Vi recavano anche i loro figli e poi raggiungevano l'albero del "dolce amaro" per coglierne i frutti.

"Il dolce amaro" era un albero di cui nessuno conosceva la specie, ma aveva dei frutti arrotolati come un'elica. Appena staccati dal ramo, se incisi e messi sotto alla lingua, sprigionavano un nettare in un primo momento amaro da far strizzare gli occhi, ma sul finire dolcissimo, quasi fosse zucchero. Quella sera una decina di contadini con al seguito altrettanti bambini si erano attardati nel bosco e così incapparono in un branco di lupi. Erano decine, cappeggiati da un capo branco nero, grande il doppio degli altri. Sembravano saper fiutare il sangue di una preda da lontano e correvano ognuno tenendo una posizione precisa. I più forti in testa, le femmine al centro ed i più vecchi che chiudevano l'assembramento a circa dieci metri di distanza. I contadini presero in braccio i bambini e tirarono fuori i coltelli pronti a difendersi, anche se quei lupi stranamente non li degnarono di attenzione perché il loro sguardo era rivolto verso un punto preciso della "Valle del lupo". Dopo quell'episodio, come tutte le notti da diverso tempo quando la luna si faceva alta nel firmamento, da quel luogo si potevano udire ululati e versi disumani.

Domenica 8 ottobre 1899:
il furto del cavallo di Frenky

"Dümìnica 8 de utùber 1899: rubàt al caàl de Frenky"

I cavalli non erano soltanto semplici mezzi di locomozione, ma rappresentavano anche il mezzo di ostentazione di uno stato sociale e di una condizione economica agiata. La domenica al borgo, di tanto in tanto, si vedeva qualche faccia nuova. Erano perlopiù agenti di commercio o commessi viaggiatori che per essere a Milano di buon mattino il lunedì facevano tappa al *Serìt*. Non essendoci nessun hotel nelle vicinanze il pancaccio della locanda della Alice veniva trasformato in un letto. Nel tardo pomeriggio di quella domenica si fermò uno strano personaggio che attirò l'attenzione della piazza. Era un cantante errante che si faceva chiamare *Frenky* e pareva venisse da Bergamo. Un tipo che non passava inosservato perché indossava una specie di salopette di uno strano tessuto che usavano i minatori negli Stati Uniti ed ai piedi aveva dei sandali da frate. Curiosamente non vestiva nessuna maglietta né camicia perché la natura lo aveva dotato di un foltissimo pelo riccio sul petto e sulla schiena tanto che sembrava indossare un maglione di lana grigio. Era tarchiato e pelato, con una barba perfettamente curata per metà bianca e per metà nera, tanto che il *Vampa,* con la vista annebbiata dal vino, gli chiese se avesse una puzzola in faccia. Il forestiero cavalcava un cavallo *"Baio"* che gli era stato regalato dal Conte Zawarit di Gorle. Era una bestia unica dotata di un mantello perfettamente oliato e crini puliti e lucidi. Aveva una sella all'americana con delle borchie cromate e lunghi drappi di pelle rossi che svolazzavano durante la corsa. Il curioso ospite fu interrogato da Alice che con il suo fare dolce e molto riservato nel giro di mezz'ora si fece raccontare tutta la sua vita. *Frenky* era sicuramente un nome d'arte ed era un musicista nato in Francia ma cresciuto negli Stati Uniti. Girava in lungo ed in largo per la penisola portando la sua musica allegra ovunque, dalle sagre paesane ai palazzi dei potenti. Le sue canzoni country erano accompagnate da strumenti sconosciuti, come l'armonica a bocca e una minuscola chitarrina portoghese fatta di metallo. Alice, al costo di due lire, lo fece dormire su di un giaciglio fatto di due cuscinoni marroni su cui era posata una coperta tanto grezza che sembrava carta vetrata. La mattina successiva il menestrello si accorse subito al suo risveglio dell'assenza del suo cavallo. Si fiondò in strada senza avere il tempo di vestirsi con indosso dei buffi mutandoni rossi che si era portato dall'America. Dello stupendo cavallo non c'era più traccia e così diede in escandescenze. L'uomo bussò a tutte le porte ma non ottenne nessuna informazione. Il silenzio era una regola d'oro tra i contadini e dare informazioni significava accollarsi un problema in più, oltre al già gravoso carico di preoccupazioni che ogni padre di famiglia si portava sulle spalle. Così, il menestrello con i suoi strumenti, se ne tornò da dove era venuto continuando a chiedere ad ogni persona che incontrava se avesse visto il suo cavallo *"Baio"*. *Frenky* fu l'ultimo degli ospiti a Castel Cerreto e per diversi anni a venire non se ne videro più. I lupi, la sparizione, la sinistra figura che ogni tanto appariva dell'uomo con il tabarro, gli incendi, la pellagra che sembrava soffiare forte nella bassa bergamasca ed in fine questo furto, contribuirono ad isolare totalmente la piccola cittadina dei cerri.

Giovedì 2 novembre 1899: la Messa

"Giuadé 2 de nuèmber 1899: la Mèssa"

Il Don Predestino decise di indire una messa straordinaria per le ore venti di quel giovedì del due novembre 1899. Mille anime vi parteciparono silenziose e preoccupate chiamate dalla campana.

I misteri di quei luoghi avevano tolto la pace e sembrava che i fedeli pregassero in modo molto più deciso e accorato. Quella sera alcuni pregarono per ritrovare il povero Corrado, altri invocarono il Signore per fargli acciuffare l'incendiario che gli aveva rovinato la vita, altri ancora perché il misterioso uomo con il tabarro venisse smascherato. Qualsiasi fosse il fine quella celebrazione, fu un momento di preghiera che testimoniò l'unità del paesino, e che, almeno tra le mura della Chiesa, dovevano sentirsi tutti dalla stessa parte e mettere a ripostiglio le mille scaramucce passate. Manolo si posizionò sul sagrato per osservare tutti quelli che entravano. Dalla sua conta marcarono visita il *Vampa*, la *megèra* ed un uomo anziano che veniva dall'Abruzzo e che dalla sparizione di Corrado sembrava frequentare la sua locanda ormai in modo assiduo.

Mancava stranamente anche Sandrino ma era preso dalla nascita di un vitello che purtroppo morì subito dopo il parto.

Sabato 18 novembre 1899:
l'occhio azzurro

"Sàbet 18 de nuèmber 1899:
l'öcc celèst"

Quel diciotto Novembre ci fu un ritrovamento agghiacciante. Era un sabato ed *Alice l'ostera* era uscita in cerca di qualche fungo per insaporire i suoi stufati. La stagione fungaiola era quasi terminata, ma la ragazza sapeva che vicino alla "Valle del lupo" avrebbe potuto trovare ancora colonie di chiodini. Fu fortunata perché in due ore il suo cestino si poté riempire di preziose muffe. Sulla via del ritorno notò un albero con rami spezzati come se un maldestro boscaiolo avesse cercato di potarlo senza successo. Avvicinatasi al vecchio cerro trovò ai suoi piedi un occhio umano. Pur rimanendone scioccata, Alice ebbe il coraggio di riporlo in un fazzoletto e corse dalla Contessa. Emilia ed il *Rigànt* quasi svennero alla vista di quell'azzurro intenso che poteva essere solamente dell'occhio di Corrado. Con urgenza fu convocato un medico chirurgo, si chiamava Andrea Gambetti ed era un giovane laureato figlio di due medici molto conosciuti nella bergamasca. Aveva un grande talento e, infatti, vent'anni dopo, divenne il primo chirurgo estetico d'Italia rifacendo il naso di una ricca milanese. Con la massima segretezza fece un'autopsia al bulbo oculare e la diagnosi sentenziò che era stato strappato da poche ore da un corpo di un uomo vivo e non da un cadavere putrefatto. Questa notizia fece scoppiare in lacrime Emilia che si appellò al segreto professionale del medico ed al silenzio del *Rigànt* al quale fu poi ordinato di andare a Milano per acquistare due pistole nuove, una per sé ed una per Manolo che, da quel momento sarebbe potuto incorrere in grandissimi rischi durante le sue ricerche.

Lunedì 15 gennaio 1900:
Aureliano il legionario

"Lunedè 15 de genàr 1900:
Aureliano de la Légion étrangère"

Ormai il freddo pungente di gennaio era sceso e le speranze di trovare Corrado vivo si erano dissolte. La notizia del ritrovamento dei monconi di corpo umano aveva fatto il giro del mondo ed era arrivata al Colonnello della Legione Straniera Aureliano Basso. Il militare francese diversi anni prima aveva conosciuto Corrado nel nord della Francia ove entrambi avevano lavorato in una miniera di carbone. Corrado era finito in quell'inferno solamente attirato dalla paga, che era dieci volte quella di un operaio italiano. Aureliano invece, vi si era recato per altri motivi: faceva infatti il cacciatore di disertori ed era sulle tracce di due fratelli danesi che si erano macchiati dell'omicidio del loro capitano. Pareva che i due, sotto falso nome, lavorassero proprio in quella miniera. Aureliano, con il fine di assicurarli alla giustizia, si fece assumere e fu compagno di baracca del giovane bergamasco, condividendo massacranti turni di lavoro di nove ore al buio pesto. Ma il giorno della cattura dei fuggiaschi qualcosa andò storto perché i due assassini, scoperta la vera identità del Colonnello, gli sortirono un'imboscata. Il vecchio legionario rimediò due coltellate all'addome, ma riuscì ad avere la meglio nella colluttazione grazie al soccorso del Corrado, che si buttò nella baruffa colpendo con un piccone uno dei due sicari in mezzo agli occhi. Quel giorno si sancì un debito d'onore tra i due ed era quindi venuto il momento di sdebitarsi. Per i Legionari francesi Aureliano non era un uomo, né un semplice camerata: era un "demonio" in carne ed ossa. *Devil* era infatti il suo soprannome, perché il trenta aprile del 1863 in Messico, all'età di sedici anni, partecipò alla battaglia di Camerone. In quel luogo sessantacinque legionari affrontarono duemila cavalieri messicani comandati dal colonnello Francisco de Paula Milan. La grande disparità di forze in campo non scoraggiò i militari di ventura che si batterono valorosamente. Durante gli scontri la compagnia si rifugiò in una fattoria e si difese nell'unico modo che dei legionari potessero fare: attaccare ed uccidere. Aureliano con il proprio fucile colpì a morte ben duecentosettanta nemici. Al termine del primo giorno il Colonnello finì la scorta di acqua e dovette dissetarsi con la propria urina per recuperare le forze. Il giorno successivo rimase con quattro compagni senza munizioni, ma montò alla canna del fucile la baionetta e, saltando la recinzione, attaccò con l'arma bianca. Corse fra i proiettili verso un intero battaglione trafiggendo alcune dozzine di militari. La storia narra che i cavalieri messicani risparmiarono la vita agli unici tre soldati francesi rimasti incredibilmente vivi. Così, ad Aureliano ed a due commilitoni coperti di sangue dalla testa ai piedi e con il corpo a brandelli, fu riconosciuto l'onore delle armi. Prima di liberarli, però, il colonnello messicano guardandoli negli occhi disse loro: "Voi non siete soltanto uomini valorosi, voi siete diavoli".

E forse, per risolvere il mistero di Castel Cerreto ci voleva proprio il demonio in persona. Aureliano arrivò all'alba di un giorno come tanti altri e si accampò, montando una tenda verde, su di una collinetta a poche centinaia di metri dalla Cascina *Pèlesa*. *Devil* era un uomo di grande stazza, con cortissimi capelli biondi, occhi azzurri ed una carnagione molto chiara. Il suo corpo era percorso in lungo ed in largo di cicatrici rimediate in ogni parte del pianeta. Non si fece vedere più di tanto al *Serìt* perché quello che doveva sapere lo aveva già appreso ad un incontro presso l'abitazione di Alvise, il Presidente, al quale parteciparono Manolo ed il *Rigànt* in rappresentanza dei Piazzoni. Il militare era molto esperto nelle ricerche di fuggitivi, in trent'anni non aveva mai fallito una missione mettendo ai ceppi o uccidendo a mani nude i ricercati. Per tre giorni stette sulla collina scrutando l'orizzonte con un binocolo montato su di un treppiedi. Non osservò verso la "Valle del lupo" da cui la notte provenivano versi disumani, ma studiò ogni singolo movimento del piccolo abitato.

Era convinto che le tracce per trovare l'amico dovessero provenire da quelle quattro cascine e che nella boscaglia, dopo così tanto tempo, sarebbe stato inutile cercare indizi.

Sabato 10 febbraio 1900:
lo strano presentimento

"Sàbet 10 de febrér 1900:
'na brüta sensassiù"

Ormai il vecchio mercenario era accampato da tempo sulla collina monitorando di giorno il passaggio dei braccianti e la notte quello dei branchi di lupi. La sua routine mattutina negli ultimi trentasette anni era sempre la stessa e contava settecento movimenti. Azioni che al risveglio un bravo legionario doveva fare in qualsiasi parte del pianeta. Così Aureliano, all'alba faceva a petto nudo duecento piegamenti sulle braccia, poi smontava il fucile in cento piccoli pezzi. Si trattava di una carabina Chassepot del 1866 con cartucce modificate a bossolo metallico. Aveva ben cento proiettili al cinturone che lucidava uno ad uno. Rimontato il fucile, che pesava con la baionetta quasi cinque chili, lo elevava sulla testa per trecento volte per rinforzare le spalle. Questi settecento movimenti permettevano al guerriero di mantenere la forma fisica, ma erano anche un tributo ai caduti di Camerone ed ai nemici passati a miglior vita grazie alla precisione di quell'arma infallibile che era un legionario con il suo fucile. *Devil* durante i suoi appostamenti si era segnato su un taccuino vari appunti. Aveva notato che la *megèra* all'alba ed al tramonto si addentrava nei boschi per cogliere erbe aromatiche, ma poi si perdevano le sue tracce in prossimità della "Valle del lupo". L'aveva seguita più volte nella boscaglia e si era accorto che la ragazza camminava sugli stessi sentieri percorsi dai lupi. Il legionario aveva occhi da gatto e le tenebre lo eccitavano come un felino e quindi avrebbe agito con l'oscurità. Nel pomeriggio del dieci febbraio arrivarono due carri da Crespi d'Adda e furono scaricate centinaia di taniche di petrolio. Aureliano e Manolo le presero in consegna e le issarono sulle spalle quattro alla volta infilandole su bastoni di legno. I due riversarono il liquido infiammabile sul terreno per circa tre chilometri disegnando una mezza luna che isolava la "Valle del lupo" a sud est lasciandola a nord ovest chiusa dall'argine del fosso bergamasco. Quella stessa sera la maga "Maria e le Stelle" dissotterrò dalla cenere il mazzo di carte stregato e si accorse che si erano sbriciolate le figure della torre, della luna, dell'impiccato ed il diavolo. La cartomante capì che i misteri del castello si stavano risolvendo e si vestì a lutto in attesa delle imminenti verità, mentre sua figlia Erika la sensitiva, fu colpita da una febbre improvvisa.

Domenica 11 febbraio 1900:
la notte più lunga

"Dümìnica 11 de febrér 1900:
la nòcc püssé lunga"

Era una strana domenica. La campana della torre del castello non suonò per tutto il giorno perché la corda si spezzò ferendo in testa il campanaro. Erano circa le nove di sera quando Aureliano e Manolo dalla collinetta scrutarono per l'ultima volta il sentiero, attendendo che la *megèra* tornasse dal suo raccolto serale. La ragazza rincasò puntualmente e dopo pochi minuti i due uomini, scortati dal cane da pastore *Ciomi* si addentrarono nel territorio della "Valle del lupo". Avevano due torce in mano, Aureliano il fucile in spalla e la baionetta infilata nella cintura mentre il gigante Manolo era armato di pistola e di un bastone chiodato. Al collo di *Ciomi* avevano applicato un collare di spine e gli avevano frizionato il pelo con la polvere di peperoncino. Appiccarono il fuoco alla striscia di combustibile ed in men che non si dica si alzò un muro di fiamme alto cinque metri. Si addentrarono nella fitta boscaglia e a un certo punto sentirono urla e latrati provenienti da un'insenatura della "Valle del lupo", un pezzo di terra pianeggiante contornata da dirupi. Corsero con il fiato in gola e si ritrovarono d'innanzi una scena degna del peggiore girone Dantesco. Nella radura erano rimasti solo alberi spogli e tronchi morti con la corteccia annerita dal fuoco. Nel mezzo del terreno svettava una quercia secolare avvolta da una nuvola di fumo sollevata da un branco di lupi che cercavano di arrampicarsi sul tronco. Aureliano percepì lo stesso odore del sangue che c'era quel giorno a Camerone, montò la baionetta sul fucile e si lanciò all'attacco seguito dagli altri due. Si avventarono su quel branco che contava trenta lupi, gli animali stavano cercando di azzannare quello che sembrava un uomo in catene che si difendeva disperato abbarbicato sul punto più alto dell'albero. Dalla terra usciva un fumo infernale ed il sangue dei lupi cominciò a schizzare ovunque, la baionetta passò da parte a parte almeno venti bestie ed il resto fu sgozzato da *Ciomi* o spezzato in due dalle bastonate di Manolo. Nel frattempo, a Castel Cerreto, proprio mentre impazzava la battaglia, un fragoroso incendio divampò nel fienile centrale illuminando a giorno il borgo. Accorsero i mille cittadini con secchi e catini perché all'interno non c'era solo la paglia, ma vi erano custoditi carri ed utensili dei poderi. Il rogo si era propagato dall'interno ed un uomo era rimasto prigioniero nell'edificio gridando aiuto: si trattava del *Vampa*. Scattò nella popolazione una sorta di fredda vendetta o, forse, una forma di giustizia sommaria che sapeva tanto di medioevo. A nessuno venne in mente di liberare il *Vampa* e le sue richieste di aiuto si trasformarono in imprecazioni verso i suoi concittadini e forte gridò l'odio verso il micro mondo del *Serìt*. Mentre le fiamme divampavano, i padri misero in prima fila a guardare ciò che stava avvenendo i figli perché fosse per loro monito e dimostrazione di come finiscono i farabutti. L'incendio fu fragoroso e raggiunse i venti metri di altezza. Alcuni uomini decisero di andare ad avvisare la Contessa, ma essendo la campana del castello rotta sfondarono il portone e salirono le scale di corsa catapultandosi nella di lei camera da letto.

La scena che gli si parò d'innanzi fu da non credere: Emilia era seduta ai piedi del letto vestita di tutto punto, ad un angolo c'era il *Rigànt* con il tabarro nero sulle spalle ed il cappello calato sul volto con l'immancabile pipa accesa, d'innanzi al camino in piedi su di un trespolo c'era il figlio Riccardino che leggeva ad alta voce un testo in latino di Seneca. I contadini furono colti di sorpresa da quel terzetto e rimasero più stupiti che imbarazzati perché finalmente anche il mistero dell'uomo col tabarro era stato svelato. Nel frattempo, l'incendio aveva divorato tutto compreso il corpo del malvagio *Vampa*. Così, il *Rigànt*, con il figlio Riccardino sulle spalle, decise di radunare tutti in piazza perché la Contessa Emilia doveva fare un annuncio, ma fu proprio in quel momento che dal lungo viale alberato apparvero le figure di due uomini e di un cane zoppicante. Aureliano era coperto di sangue e trascinava delle corde con attaccate una decina di teste di lupo, il pastore *Ciomi* aveva il pelo a brandelli, mentre Manolo teneva tra le braccia quello che sembrava un corpo umano. Era ciò che rimaneva di un uomo con delle catene al collo e alle braccia. Ci volle parecchio tempo per capire che si trattava del povero Corrado ridotto ad un ammasso di ossa e qualche pezzo di carne addosso. Gli mancava una gamba dalla tibia in giù ed aveva del muschio che gli copriva un occhio ed ovunque morsi di lupo o chissà quale animale. Era morto da pochi minuti. Manolo lo avvolse in una coperta bianca che si fece rossa in un istante. I mesi passati all'aperto avevano scavato il corpo del poveretto e qualcuno gli aveva cucito le labbra con delle spine perché non chiedesse aiuto. Non c'era più nulla di quell'uomo grande e forte, ma solo un agglomerato scheletrico di tendini ed ossa. Il cadavere sembrava congelato e qualcuno si accorse che stringeva tra le mani qualcosa. Nonostante il tempo, le privazioni, la lotta con le fiere, Corrado era riuscito a conservare tra le mani il sasso intagliato con le sue iniziali e quelle della sua amata. Da vero contadino e da uomo di parola anni prima aveva giurato ad una bambina che non avrebbe mai abbandonato quel talismano e mantenne la sua promessa.

Martedì 13 febbraio 1900: l'ultimo saluto

"Martedé 13 de febrér 1900: ültem salüt"

Venne il momento del funerale e fu il giorno più buio della storia millenaria di Castel Cerreto. Aureliano era tornato sul luogo della battaglia per bruciare i corpi dei lupi ed aveva scoperto dove l'amico era stato loro prigioniero per tutto quel tempo. Poco sotto la radura, lungo il fossato ed in un punto invisibile, a pelo d'acqua vi era l'ingresso di una grotta. Il carceriere di Corrado di giorno lo gettava lì, legandolo ad una radice, in quel buco di due metri per due. La grotta la notte era però inutilizzabile perché azionandosi le chiuse dei fossati l'acqua si alzava allagandone l'ambiente. Così il prigioniero veniva spostato poco prima del crepuscolo e legato alla quercia, salvo poi essere tradotto di nuovo all'alba nel buco. Furono 299 giornate di prigionia in una grotta umida ove si era cibato di ragni ed insetti ed altrettante lunghissime notti, lottando contro i lupi ed il freddo. Nessun umano sarebbe resistito più di qualche ora a quel supplizio e forse anche il peggiore dei carcerieri d'innanzi ad un'ostinata forza di vivere mosso a pietà gli avrebbe tagliato subito la gola. Aureliano si calò nel pertugio con una fiaccola e trovò una coperta fatta con il mantello di un lupo e su di una parete incisa a mani nude la scritta "Per sempre". Era il motto di

Corrado, Emilio, Manolo. Era la promessa dei Samurai che fecero anni prima i tre bambini sdraiati sull'erba. Nel frattempo, al Cerreto Bruno l'Intagliatore aveva costruito la più bella bara che potesse realizzare. Il cadavere fu ricomposto nei sotterranei del castello da Annadia "la parrucchiera" che cercò con la sua maestria di dare una parvenza umana al poveretto a cui erano stati strappati un occhio ed una gamba. Era stato ricucito con le spine da qualcuno che sapeva farlo bene e che per fargli fermare la cancrena gli aveva messo delle sanguisughe nella carne putrefatta. Il funerale si tenne alle ore dodici in punto ed arrivarono migliaia di persone da ogni luogo, tutti vestiti a lutto per rendergli l'estremo saluto. Arrivò Alessandra dei baracconi, con un marito nero come suo padre ed una decina di figli tutti biondi e, nonostante gli anni fossero passati anche per lei, la sua bellezza era rimasta intatta. Il cotonificio di Crespi d'Adda fu chiuso per lutto e tutti gli operai parteciparono alla funzione con la giornata pagata. Sui primi banchi della Chiesa c'erano gli amici di sempre: Manolo, Erika, Sandrino, Bruno ed Alice ed in via eccezionale fu fatto entrare anche il cane pastore *Ciomi*. Tutto intorno i mille fattori della bassa bergamasca ed altra gente sopraggiunta da Milano. Si presentò pure un banchiere svizzero soprannominato *"Ubi"* che aveva una carrozza trainata da otto cavalli. La cerimonia fu breve ed il vangelo venne letto dal piccolo Riccardino che in quel triste momento svelò che per tre anni, ogni notte, era stato a lezione nella camera da letto della Contessa accompagnato sotto al tabarro del padre, il quale non voleva far sapere al paese che il figlio era un genio. La bara di Corrado fu portata solamente da Manolo e non volle farla toccare a nessuno. Fu sotterrato vicino ai tre ceppi dove da ragazzi leggevano le avventure del cane da pastore e dei samurai. Per decisione della Contessa non fu messa nessuna croce ma fu fatto piantare il seme del "dolce amaro" affinché Corrado mai avrebbe patito solitudine grazie ai numerosi ragazzini che di certo sarebbero arrivati a coglierne i deliziosi frutti. Al saluto solenne parteciparono anche i figli e la moglie del *Vampa* che riportarono il cavallo "Baio" ritrovato nella masseria dove si nascondeva il padre farabutto e di tutte queste faccende ne trasse beneficio solo il menestrello *Frenky* che poté riprendersi il suo stallone. La *megèra*, unica assente quel giorno, finse che nulla fosse successo e tenne un pranzo con l'uomo anziano che veniva dall'Abruzzo e la sua unica amica, quella strega di Barbara. Fu lei che le sigillò con la cera di una candela le orecchie affinché le campane, sia di Treviglio che di Pontirolo, che per ordine del Vescovo furono fatte suonare a lutto per dodici ore non arrivassero al cuore della *megèra*. La donna infernale sapeva bene che il suono delle campane sarebbe stato capace di scuotere persino l'animo di una persona senza cuore e con questo stratagemma impedì che ciò accadesse.

Mercoledì 07 marzo 1900:
"Pietoso animo di mio figlio"

Quel giorno la Contessa Emilia raggiunse l'amato figlio e l'indimenticato marito. Si spense a Bergamo nelle camere di Palazzo Marenzi ed un pezzo di Castel Cerreto morì con lei. In pochi sapevano che Emilia ben dieci anni prima aveva redatto un testamento che una volta aperto avrebbe fatto rinascere i suoi poderi e dato ad ogni suo fattore la libertà che si meritava migliorando così la vita anche delle generazioni a venire. Emilia condonò ogni debito con lei contratto, diede una parte dei suoi beni a Maria Pacciardi, che l'aveva cresciuta come una figlia, ed una rendita sino alla morte alle persone che le erano state più vicine, godendo in modo più o meno diretto dei suoi agi. Donò agli orfani di Bergamo palazzi e terreni perché per tutta la sua vita non ci fu notte che non pensò a quei bambini tristi che aveva visto al suo arrivo al Cerreto. Si raccomandò che i suoi fattori non finissero schiavi di affittuari senza scrupoli e diede modo al *Rigànt* ed altri valenti uomini di fondare la "Cooperativa dei prodi contadini", esempio copiato nel mondo di unione di persone che lavoravano la terra per migliorare le loro vite e non solo quelle dei "padroni". Il testamento Piazzoni sembrò dare un colpo di spugna definitivo al periodo dei misteri che avevano minato la tranquillità di Castel Cerreto. Il piccolo *Ricardì* si fece uomo e dopo la laurea divenne un apprezzato critico d'arte di fama mondiale. Aureliano il legionario se ne andò e non fece mai più ritorno in Italia. Fuggì per sempre dalle anime di Camerone e dalla sanguinosa notte alla "Valle del lupo". Il Direttore Lucio Crotti continuò la sua carriera e divenne Presidente della Banca d'Italia, con le sue riforme diede un grande impulso alla nascita delle Banche di Credito Rurale seguendo quelle che erano le idee cooperative della Contessa. Lo stesso Crotti, dopo il ritrovamento del Corrado, fece qualche indagine e scoprì che due giorni prima della sparizione del giovane la *megèra* aveva ricevuto in una banca di Milano cinque monete d'oro prelevate da una cassetta di sicurezza intestata all'uomo che veniva dall'Abruzzo e due giorni dopo il ritrovamento del cadavere ne ottenne altre cinque. Lucio non tradì il segreto professionale, ma capì che la vita di un samurai di fine mille ottocento aveva un prezzo di sole dieci monete. Manolo si sposò con una bella contadina del posto che gli diede due figli che chiamarono Emilio e Corrado e pare che i bambini crescendo manifestarono le virtù dei suoi amici scomparsi. I cittadini di Castel Cerreto continuarono a vivere le loro vite in modo sereno perché la libertà ricevuta era un dono che li aveva resi più forti e la terra sembrò meno dura da lavorare. Il cane da pastore *Ciomi* morì di vecchiaia, ma la sua fu una dipartita dolce perché grazie a Corrado aveva potuto fare ciò che era nella sua natura e cioè proteggere le greggi e le genti dai lupi. La *megèra* si eclissò e pare che si trasferì a Bergamo, condividendo una stanzetta con una ragazza madre. Anni dopo si sposò con quell'uomo anziano che veniva dall'Abruzzo, ma dopo sette anni, sulla città di Bergamo calò lo stesso velo di mistero di Castel Cerreto perché l'abruzzese ormai vecchio ed inutile sparì in circostanze misteriose ed i lupi ripresero ad ululare.

Lunga è la notte

che manca di verità

E solo i prodi e i retti

riporteranno la serenità

Autore

Corrado
Prandina

Dopo gli studi presso i Salesiani di Treviglio comincia la carriera bancaria lavorando per primari Istituti di Credito Italiani specializzandosi dapprima in finanza e poi nel Private Banking. Nell'anno 2020 reduce da un grave incidente motociclistico scrive e pubblica il libro: "Le regole della Banca" (Amazon - 2020).

La stampa dal carattere umoristico ottiene il successo della critica rimanendo per 18 mesi nella lista Top 20 di vendita di libri di finanza. Appassionato di storia della propria terra e grande cinefilo estimatore del regista statunitense Quentin Tarantino propone questo suo secondo libro in stile "pulp" raccontando la vita nel borgo di Castel Cerreto a fine 1800 e disegnando la meravigliosa figura della Contessa Emilia Piazzoni.

Disegni di

Bruno Manenti

I disegni dei personaggi di questo romanzo sono stati realizzati dal maestro Bruno Manenti. "Personaggio istrionico con il pseudonimo di Matitalibera".

Pittore, scultore del legno, caricaturista e brillante attore dialettale. Campione di Trevigliesita.

Ha pubblicato due Libri con centinaia di caricature con attenzione particolare alla vita Trevigliese.

RINGRAZIAMENTI

Bruno Manenti per le illustrazioni.

Sig.ra Alda Sonzogni per la documentazione storica.

Erminio Gennaro, Arturo Prandina per le inflessioni dialettali.

Riccardo Riganti, Giuseppe Pezzoni e Maria Di Pietro per i suggerimenti.

Printed in Great Britain
by Amazon

32242362R00096